Beate Herkendell, geboren 1968, hat Germanistik, Geschichte und Rechtswissenschaften studiert und die Hamburger Journalistenschule besucht. **Christine Knödler**, geboren 1967, studierte Theaterwissenschaft, deutsche und französische Literatur und Kunstgeschichte in München und Paris. Reiner Zufall also, dass die beiden sich kennen lernten. Oder Schicksal: Da landete die erste und einzige Ausgabe einer Literaturzeitschrift auf dem Schreibtisch von Beate Herkendell, damals Redakteurin bei der *Brigitte YOUNG MISS* in Hamburg; darin: eine Jugendbuchrezension von Christine Knödler. Danach ging alles ganz schnell: ein Anruf in München, Aufträge für die Buchseite, ein Treffen auf der Frankfurter Buchmesse (mit der Folge, dass sie alle anderen Termine verpassten), gegenseitige Besuche und viele Gespräche über alles, was anstand. Bei Beate Herkendell war das der Beginn eines Lebens als freie Journalistin in Berlin; bei Christine Knödler die Arbeit als freie Journalistin und Lektorin für verschiedene Verlage und natürlich ihre Familie. Irgendwann kam die Idee zu einem gemeinsamen Buch über Freundschaft. Hier ist es.

Beate Herkendell
Christine Knödler

Zu zweit, zu dritt, zusammen: Freundschaft

Originalausgabe
In neuer Rechtschreibung
März 2002

www.dtvjunior.de
Buchgestaltung Büro Jorge Schmidt, München
Layout Tabea Dietrich, München
Fotos Jan Roeder, Gauting
Lektorat Beate Schäfer
Schrift Oranda, Triplex
Gesamtherstellung Ebner Ulm
Printed in Germany
ISBN 3-423-78176-9

Beate Herkendell
Christine Knödler

Zu zweit, zu dritt, zusammen: Freundschaft

Fotos von Jan Roeder

Deutscher
Taschenbuch
Verlag

Inhalt

II

BOXY

Freundschaft ist …

»… wenn man die andere durchs Brennnesselfeld trägt, weil sie kurze Hosen anhat.« Margret, 17

»… wenn man die Witze des anderen auch wirklich witzig findet.« Emin, 14

»… Vertrauen.« Nora, 13

»… wenn man sich zusammen an ganz viel erinnern kann.« Nina, 17

»… wenn man stundenlang miteinander lästern kann.« Jasper, 14

»… den anderen so zu akzeptieren, wie er ist.« Alexander, 19

»… wenn man auch mal peinliche Sachen beichten kann.« Ramon, 14

»... pflegebedürftiger als ein Tamagotchi!« Stefanie, 17

»... unbezahlbar!« Yvonne, 16

»... wenn man einander alles anvertrauen kann ohne Angst haben zu müssen, dass das gleich ausposaunt wird.« Ferdinand, 13

»... wenn man ganz man selbst sein kann.« Ursula, 17

»... wenn man dem anderen nichts Schlechteres wünscht als sich selber.« Alexandra, 16

»... wenn man sich bei Klassenarbeiten gegenseitig abgucken lässt.« Max, 14

»... nicht möglich ohne Ehrlichkeit.« Florian, 17

»... ganz viel über den anderen zu wissen.« Deborah, 19

Was passiert, wenn zwei Freundinnen ein Buch über Freundschaft schreiben ...

... dann scheint garantiert draußen die Sonne, startet H & M den Schlussverkauf und im Büro wird ein Kicker aufgebaut. Und wir? Wir arbeiten, arbeiten, arbeiten. Und ab und zu quatschen wir auch ein bisschen. Fünf Minuten. Allerhöchstens. Dabei hätten wir uns so viel zu erzählen. Wie das eben so ist unter guten Freundinnen. Angefangen hat es vor vier Jahren, und das, obwohl die eine in München und die andere in Berlin wohnt. Was uns zusammengebracht hat? Unsere Liebe zu Büchern. Nun haben wir selbst eins geschrieben. Über die Freundschaft. Zu zweit und mit ganz vielen zusammen. Egal, wen wir gefragt haben, alle wussten was dazu zu sagen. Schließlich ist Freundschaft, neben der Liebe, *die* Herzensangelegenheit überhaupt und nicht umsonst fangen in vielen Sprachen die Worte Freundschaft und Liebe gleich an.

Zu allen Zeiten haben Dichter die Freundschaft beschrieben, oft hat sie Geschichte gemacht. Von Philosophen, Psychologen, Pädagogen und Soziologen wird sie erforscht. Freundschaft wird in der Musik besungen, sie füllt Bilder,

Fotos, Filme, Dramen. Und auch das echte Leben wäre ohne Freundschaft nur halb so schön. Denn mit Freunden hat man immer was zu lachen, und wenn mal was schief geht, sind sie hundert Prozent für einen da.

Aus Freundschaft wird aber auch gelogen und enttäuscht. Geschlagen und zerstört. Und manchmal braucht es gar nicht viel, damit aus Freundschaft Feindschaft wird. Dann bleiben gebrochene Herzen zurück und ein paar zerplatzte Seifenblasenträume.

Freundschaft also? Ein gemischtes Gefühl. HerzSchmerz, Höhenflug, (Un)Glücksbringer, ÜberMut. Eine Gratwanderung zwischen Nähe und Distanz. Von vielen gesucht, nicht immer leicht zu finden. Freundschaft lässt sich eben nicht verordnen, Freundschaft geschieht freiwillig. Und deshalb ist sie grandios und kompliziert zugleich.

Und ein Buch über Freundschaft? Ist eines, das diese Gefühle aufspürt, Freundschaftsgeschichten aufschreibt. Ist eine vielseitige Liebeserklärung. Und beinhaltet auch (unerklärliche) Tragödien. Zeigt seitenweise Glück. Und auch Schattenseiten.

Uns hat es vor allem Spaß gemacht. Wir sind durch Schulklassen gezogen, haben Philosophen, Psychologen und einen Jugendforscher gelöchert und berühmte Leute mit Faxen bombardiert. Auch der Drummer von *Echt* war dabei. Doch der wollte seinen besten Freund lieber für sich behalten. Die Schauspielerin Julia Hummer hingegen war zu einem Interview bereit. Mit ihr haben wir uns getroffen – und mit all den anderen, die in diesem Buch über ihre Freundschaften erzählen, natürlich auch.

Für eure Offenheit und euer Vertrauen danken wir euch von ganzem Herzen. Und allen, die jetzt dieses Buch in Händen halten, wünschen wir: Viel Freude beim Lesen. Und im Leben viele Freunde!

Beate Herkendell & Christine Knödler

Zusammenhalt plus Spaß plus Nähe, geteilt durch Zuneigung im Quadrat: Was ist Freundschaft?

»Ein Freund, ein guter Freund,
das ist das Schönste, was es gibt auf der Welt.
Ein Freund bleibt immer Freund,
und wenn die ganze Welt zusammenfällt.
Drum sei auch nie betrübt,
wenn dein Schatz dich nicht mehr liebt.
Ein Freund, ein guter Freund,
der ist der höchste Schatz, den's gibt!«

Musik: Werner Richard Heymann
Text: Robert Gilbert

»Freunde kümmern sich um meine Gefühle und um mich. Ohne Freunde könnte ich nicht leben.« **Lucia, 13**

»Freunde vermitteln einem das Gefühl, gebraucht zu werden, und geben dem Leben einen Sinn.« **Hannah, 17**

Freundschaft ist in. In Zeitschriften, im Fernsehen, im Internet, in der Werbung – überall taucht sie auf. An den Universitäten sind Seminare und Vorlesungen zur Freundschaft der absolute Renner und die Kultusminister überlegen neuerdings sogar sie als Thema in die Lehrpläne der Schulen aufzunehmen. Es kann euch also passieren, dass ihr demnächst im Ethik-Unterricht eine Klausur schreiben müsst. Thema: »Was ist Freundschaft?« Tja, was eigentlich? Gar nicht so leicht, die Frage. Deshalb ein paar Vorschläge von Experten:

»Freundschaft ist eine ideale Möglichkeit, zu einem Selbst zu kommen.« **Dr. Harald Lemke, Philosoph, Hamburg**

»Freundschaft ermöglicht untereinander Kräfte zu messen; rauszufinden, was in dem anderen und in einem selbst

steckt; über Gefühle öffentlich zu sprechen. Freundschaften sind notwendig, um Probleme und individuelle Krisen durchzustehen. Sie bilden sozial, kulturell und persönlich.«
Dr. Ekkehard Sander, Jugendforscher, Deutsches Jugendinstitut München

»Die Beziehungsform der Freundschaft stellt ein Modell des Zusammenlebens dar, das nicht nur notwendig, sondern auch anstrebenswert ist.« **Prof. Klaus-Dieter Eichler, Philosoph, Johannes-Gutenberg-Universität Mainz**

»Freundinnen und Freunde sind von uns erwählte Menschen, die uns idealerweise ein maximales Wohlbefinden vermitteln. Ebenso werden wir umgekehrt als Freunde so handeln und uns so verhalten, dass unsere Freunde sich wohl fühlen.« **PD Dr. Ann Elisabeth Auhagen, Diplompsychologin, Freie Universität Berlin**

Fazit: Freundschaft ist eine super Sache. Sie ist dein ganz persönlicher Coach. Sie ist dein Relax-Programm. Sie ist deine Zusatzfamilie. Sie ist eine Mini-Demokratie und kann eine Antwort auf die Frage nach dem Sinn des Lebens sein! Kein Wunder also, dass sie so wichtig ist. Ihr Stellenwert lässt sich sogar mit Zahlen belegen: Laut Shell-Jugendstudie 2000 stehen die gute Freundin/der gute Freund auf der Rangliste von Bezugspersonen ganz weit oben. Noch vor den Geschwistern und sogar knapp vor dem Vater. Insgesamt haben fast 90 Prozent der Jugendlichen in Deutschland wirkliche Freunde.
So viele Freundschaften also – und doch ist jede anders. Denn Freundschaft kennt keine Grenzen, was Alter, Geschlecht, Nationalität, Religion und Wohnort anbelangt. Wie sie aussieht, wie sie sich anfühlt, regeln Freunde untereinander, ganz individuell. Es gibt keinen Freundschaftsführerschein und auch keinen Mitgliedsausweis.

Alles ist offen, dennoch existieren ein paar Musts:

- Zur Freundschaft gehören mindestens zwei.
- Freundschaft beruht auf Gegenseitigkeit.
- Freundschaft ist von Anfang bis Ende etwas ganz und gar Freiwilliges.
- Freundschaft entwickelt sich erst nach und nach.
- Die Voraussetzung für Freundschaft ist Sympathie und Zuneigung.
- Damit Freundschaft funktioniert, braucht es Verstehen, Verständnis und Verlässlichkeit.
- Freunde respektieren und helfen sich.
- Freunde sind sich nah, können den anderen aber genauso in Ruhe lassen.
- Streit muss in einer Freundschaft möglich sein.
- Freundschaft will gepflegt und gelebt sein.
- Im Unterschied zur Liebe gibt es in der Freundschaft keinen Sex.

»Freundschaft kann sich nicht in ein paar Wochen oder Monaten entwickeln, sondern dazu braucht es wirklich Jahre. Darum sollte man nicht jeden, mit dem man sich gut versteht, sofort als Freund bezeichnen. Man kann ihn behandeln wie einen Freund, aber man muss ihm nicht gleich alles erzählen. Das ist dann eher ein Bekannter, ein Kumpel.« **Ferdinand, 13**

»Freundschaft ist eine Beziehung, die auf einer so starken Vertrauensbasis aufgebaut ist, dass man in der Gegenwart des anderen keine beklemmenden Gefühle, keine Hemmungen oder so etwas zu haben braucht. Du musst dich gehen lassen können ohne dir Gedanken darüber zu machen, was du sagst oder tust, damit der andere dich mag. Nix Krampfiges eben, sondern einfach Füreinander-da-Sein.«
Veronika, 17

»Eine gute Freundschaft ist so was wie eine gute Familie: eine Art Zuhause. Freundschaft ist für mich auch so wichtig wie meine Familie. Nur dass du deine Familie halt einfach hast. Deine Freunde kannst du dir selbst aussuchen und oft kannst du mit ihnen sogar noch besser reden. Wenn du Probleme hast, ist die Familie viel parteiischer als deine Freunde, weil die in den meisten Fällen gar nicht so betroffen sind. Deshalb hören sie unvoreingenommen zu. Sie verstehen dich meistens besser, können sich eher einfühlen.« **Inga, 13**

»Freundschaft ist etwas Freiwilliges. Etwas, das einfach entsteht. Bei uns fünfen war das jedenfalls so. Da gab es kein einschneidendes Erlebnis, nach dem wir gesagt hätten: Jetzt sind wir Freundinnen! Unsere Freundschaft hat sich irgendwie allmählich entwickelt. Wir kannten uns zum Teil schon von der Grundschule her, waren ab der fünften immer in derselben Klasse. Dazwischen hat es dann zwar mal Phasen gegeben, in denen sich manche von uns näher standen als die anderen oder auch zwei gar nicht mehr miteinander konnten, trotzdem haben wir keine ›Hauptbezugspersonen‹ oder so was. Es gibt keine Rangordnung, keine Reihenfolge und schon gar keine Regeln. Unsere Beziehungen sind gleichwertig, gleich vertraut. Denn dass man sich *länger* kennt, heißt ja nicht unbedingt, dass man sich *besser* kennt.

Überhaupt funktioniert unsere Freundschaft, ohne dass wir groß darüber nachdenken: Theoretisch ist es möglich, allen alles zu sagen; praktisch machen wir es einfach so, wie es gerade passt oder geht. Und genau daran erkennt man, dass es echte Freundschaft ist: Unsere Verbindung kann insgesamt, aber auch untereinander, mal lockerer sein und dann wieder, wie im letzten halben Jahr, so geballt und so eng wie lange nicht mehr!

Obwohl es ja wirklich merkwürdig ist: Da begegnest du in deinem Leben zig Leuten – und nur ein paar davon wählst du dir als deine Freunde aus. Manchmal ist es direkt schade, weil man sich mit einigen anderen womöglich sehr gut verstehen würde, die aber gar nicht näher kennen lernt. Trotzdem – es ist wohl schon so: Wenn man sich sozusagen riechen kann, spürt man das einfach! Unsere berühmte ›gleiche Wellenlänge‹ war und ist sicher der gleiche Humor. Heute macht unsere Freundschaft aus: dass wir ganz ernste Gespräche führen können – aber auch den größten Blödsinn anstellen. Dass Nina für ein Jahr ins Ausland gegangen ist oder Männer in unser Leben treten, ist für uns andere kein Problem. Keine ist eifersüchtig oder neidisch. Keine hat sich im Stich gelassen oder gar verlassen gefühlt, weil wir nicht auf eine ausschließlich fixiert, sondern ein richtiger Freundeskreis sind.

Unsere Freundschaft macht aus, dass wir uns alles sagen können – ohne dass es zu riesengroßen Aussprachen kommt nach dem Motto: Du, ich *muss* mit dir reden …! Dass wir kaum rumkritisieren oder streiten – schließlich kennen

wir uns und unsere Macken gut genug! Dass jede von alleine merkt, wenn sie mal schräg drauf ist, die anderen damit nervt – und sich von selbst fragt, ob sie das nicht ändern mag. Dass wir uns so akzeptieren, wie wir sind. Und: dass wir inzwischen so viel miteinander erlebt haben. Wir haben so viel Schmarrn gemacht, an den wir uns gemeinsam erinnern können! Eine von uns fängt an: Hey, wisst ihr noch? – und alle prusten los! Jede kann mitlachen! Da hüpft das Herz schneller!«
Ursula, Melanie, Veronika, Nina, 17 & Nina, 18

Chronologie der Freundschaft

8. Jahrhundert v. Chr. Homer erfindet in seiner Ilias die Freunde Achill und Patroklos und begründet damit den Freundschaftsmythos. Die Geschichte: Patroklos fällt vor Troja, Achill rächt ihn und wird dabei selbst getötet.

427–347 v. Chr. In seinen Dialogen macht Platon Freundschaft zum philosophischen Thema, untersucht deren Voraussetzungen und Bedingungen. Seine Erkenntnis: Sinnliche Werte sind veränderlich und damit relativ; das an sich gültige Gute aber bleibt und ist damit göttliches Weltprinzip. Übertragen auf die Freundschaft heißt seine Definition darum: Liebe ohne sinnliches Begehren – platonische Liebe eben.

384–322 v. Chr. Aristoteles erhebt die Freundschaft zur Tugend. Der Klassiker der Freundschaftsforschung entwickelt die erste und bis heute einzige systematische Theorie von Freundschaft *(philia)*. Ihm zufolge gibt es drei Freundschaftstypen: den nützlichen, den angenehmen und den guten. Sein Freundschaftssatz: »Ohne Freunde möchte niemand leben, auch wenn er die übrigen Güter alle zusammen besäße.«

Epikur kauft für seine Freunde und sich ein Haus im Grünen, um dort seine Utopie einer vollkommenen Gesellschaft zu verwirklichen. Die Idee: durch Freundschaft eine freie und gleiche, friedliche und glückliche, vernünftige und selbstbestimmte Form des menschlichen Zusammenlebens zu ermöglichen. Ägypten, Kleinasien und sogar Italien importierten das Modell »Gärten des Epikur«. Es währte fast fünf Jahrhunderte und hat bis heute nichts von seiner Faszination eingebüßt. **306 v. Chr.**

Cicero formuliert einen der schönsten Freundschaftssätze: »Wer die Freundschaft aus dem Leben streicht, entfernt die Sonne aus der Welt.« Nachzulesen in: *Laelius über die Freundschaft.* **106–43 v. Chr.**

Freundschaft zu Menschen ist out. Der christliche Denker Augustinus proklamiert stattdessen die Freundschaft zu Gott. **354–430 n. Chr.**

Sie sind das Dreamteam der Freundschaft: der französische Philosoph Michel de Montaigne und sein Jugendfreund Etienne de La Boétie. Als La Boétie stirbt, setzt ihm Montaigne mit dem legendären Essay *Über die Freundschaft* ein Denkmal. Kernthese: Freundschaft ist die vollständige Verschmelzung zweier Seelen. **1533–1592**

Zur Zeit Immanuel Kants gilt Freundschaft als Prototyp der »aufgeklärten« Beziehung unter mündigen Individuen: Selbst gewählt und selbstbestimmt, basiert Freundschaft auf Gleichheit und Autonomie. Beinahe wie heute. **1724–1804**

Freundschaft ist Kult. Die Romantiker zelebrieren sie als höchste Tugend. Für sie ist Freundschaft fast identisch mit Liebe und ein Sinnbild von Humanität und Weltharmonie. Und der französische Erfolgsautor Alexandre Dumas père **ca. 1750–1850** dichtet dem legendären Helden d'Artagnan und seinen historisch-revolutionären Vorzeigefreunden in dem Bestseller *Die drei Musketiere* (1844) das Freundschaftsmotto auf den Leib: »Einer für alle! Alle für einen!«

19. Jahrhundert Erst kommt die Familie, dann lange nichts: In der bürgerlichen Gesellschaft hat Freundschaft ausgedient. Die wahre Freundschaft mutiert zur Ware Freundschaft und der große Pessimist Schopenhauer ätzt: »Zum Vorwärtskommen in der Welt sind Freundschaften und Kameraderien bei weitem das Hauptmittel.«

1858–1918 Der Soziologe Georg Simmel deutet die Zukunft von Freundschaft in der Moderne: Es wird nicht mehr die eine allumfassende Freundschaft geben, sondern viele verschiedene. Die eine pflegt man, weil man ähnlich empfindet, die andere, weil man ähnlich denkt, die dritte, weil man sich aus Sandkastenzeiten kennt. Recht hatte er.

1844–1900 Friedrich Nietzsche erklärt den Freund zum Übermenschen und die Freundschaft zur »Liebe, die nichts für sich begehrt und alles von sich gibt«. Klar, dass er daran scheitern musste. Der von ihm vergötterte Richard Wagner ist ein überzeugter Antisemit. Aus dem »Sternen-Freund« wird ein »Erden-Feind«.

1933–1945 »Du bist nichts, dein Volk ist alles!« Im Nationalsozialismus geht das Individuum unter im Marschschritt der uniformierten Masse. Es gibt keine Freundschaft, nur Gefolgschaft und Kameradschaft: in HJ, BdM, bei den Pimpfen. Und in den Schützengräben.

2. Hälfte des 20. Jahrhunderts bis heute Simmels These ist Realität. Die Menschen haben viele Freunde – für unterschiedliche Bedürfnisse, an unterschiedlichen Orten, mit unterschiedlicher Intensität. Und es gibt

Formen, auf die Simmel nie im Leben hätte kommen können: Freundschaft als Ersatz-Familie, multikulturelle Freundschaften, Internet-Freundschaften ...

Kleeblatt, Clique, Busenfreundin – drei Freundschaftsmodelle

Kleeblatt

Die Dreierfreundschaft. Die vielleicht seltenste und komplizierteste Form von Freundschaft, denn dafür müssen sich erst mal drei Menschen finden, deren Herzen so zusammenpassen, dass sie sich in der Mitte treffen und untrennbar zusammenwachsen können. Menschen, die einander so grün sind, dass sie in nächster Nähe gedeihen, ohne dass einer den anderen ummäht oder selbst dabei vertrocknet. Denn das Problem ist: Eigentlich ist bei dreien immer einer zu viel und auf so einem zarten Kleeblattstängel verliert man schnell das Gleichgewicht. Die Gefühle gerecht zu verteilen ist eine hohe Kunst. Wenn das gelingt, kann so ein Kleeblatt aber ein echter Glücksbringer sein.

Clique

Die Clique ist das Wichtigste, was es gibt. Sagen zumindest diejenigen, die dazugehören. Andere denken bei diesem Begriff sofort an »Gruppenzwang«, »geschlossene Gesellschaft«, »Anführer« und »Gefolgschaft«. Tatsache ist: Die Cliquenwirtschaft ist nicht jedermanns Sache und lauter Charakterköpfe unter einen Hut zu bringen nicht gerade einfach. Viele Leute haben eben viele Meinungen und deshalb braucht man, wenn man dazugehören will, eine Menge Selbstbewusstsein und Durchsetzungsvermögen, aber auch Toleranz und die Fähigkeit, sich anzupassen. Aus lauter Einzelkämpfern wird nun mal keine Clique. Zustande

30

Zusammenhalt plus Spaß plus Nähe,
geteilt durch Zuneigung im Quadrat

kommt sie meist nach dem Schneeball-Prinzip: Einer kennt einen, der einen kennt, und der bringt noch einen mit. Am Ende gibt es einen harten Kern und drum herum eine große Gruppe – und wenn du Glück hast, reicht es irgendwann für ein Skat-Turnier oder zwei Volleyball-Mannschaften.

Busenfreundin/bester Kumpel

Also, das ist ja nun schon ein ziemlich plastisches Wort: Busenfreundin. Handgreiflich, irgendwie verwirrend – und manche, so heißt es, können es nicht in den Mund nehmen ohne loszukichern oder rot zu werden. Dabei braucht einem daran nichts peinlich zu sein, eher kann man kichern und rot werden vor lauter Glück: Schließlich gehört eine Busenfreundin zum Besten, was einem im Leben begegnen kann. Deshalb nennen viele ihre Busenfreundin auch Herzensfreundin. Oder Seelenverwandte. Oder beste Freundin. Oder allerbeste Freundin. Oder allerallerbeste – klar. Und was ist mit den Jungs, die ja bekanntermaßen keinen Busen haben? Die müssen sich einen besten Kumpel suchen, in der hessischen Provinz (hi, Niki!) auch »brother« genannt. Generell gilt: Busenfreundinnen und beste Kumpels sind die Geschwister, die man sich wünscht. Es sind Menschen, auf die du dich absolut verlassen kannst, vor denen du dich sozusagen ausziehen kannst bis aufs Hemd, ohne dass du dich genieren oder gar fürchten müsstest. Also – falls du noch keine Busenfreundin/keinen besten Kumpel hast: unbedingt suchen!

Freundschaft – fast wie eine Liebe …

»Wir wohnen einander direkt gegenüber, haben uns im Kindergarten im Matsch gesuhlt, wurden in der Grundschule sogar von unserer Lehrerin ›siamesische Zwillinge‹ genannt: einfach unzertrennlich! Jetzt, in der elften Klasse, sitzen wir inmitten eines tollen Freundeskreises nebeneinander in der Schulbank. Übrigens immer so, dass Jana rechts und Alexandra links ist – absolute Routine! Auch wenn wir zusammen in Urlaub fahren, im selben Zimmer, im Zelt oder in der Skihütte übernachten, pennt Alexandra links und Jana rechts ... Nach 13 Jahren Freundschaft kann man uns wirklich als gut eingespieltes Team bezeichnen!

So eine Verbindung wie unsere ist in der Tat ziemlich selten, weil es bei so viel gemeinsam verbrachter Zeit eine Unmenge an Tränen, Wut, Toleranz, Versöhnungen, Bereitschaft zu verzeihen braucht. Und unser ›verflixtes siebtes Jahr‹ haben wir immer dann, wenn eine einen Schritt voran gemacht hat ohne die andere.

Wenn neue Freunde auftauchen, sich die Gefühle einfach ändern, wenn die Freundin womöglich lästig wird oder die Basis der Beziehung zu Mitleid und Unterwürfigkeit mutiert, gibt's natürlich Spannungen. Nicht gerade wie im *Rosenkrieg*, aber in solchen Situationen haben wir besonders viel geredet, viel telefoniert ...

Trotzdem: So Sprüche wie ›Sie ist halt in der Pubertät ...‹ gibt's bei uns nicht. Daneben ist daneben – und das sagen wir uns dann auch. Denn eine beste Freundin hält dir immer den Spiegel vor. Was sie sagt, wird ernst genommen, bringt dich wirklich weiter. Und natürlich ist sie zu jeder Tages- und Nachtzeit für dich da.

Manchmal kommt es uns so vor, als wären Freundschaften nur noch Retortenbeziehungen, gesellschaftsfreundliche Symbiosen, die in der Schule oder auf Partys entstehen. Klar haben wir auch solche Bekanntschaften und es ist total wichtig, Teil eines großen Rudels zu sein, Connections zu haben, immer ein paar bekannte Gesichter auf Feten zu sehen. Aber mit einer allerbesten Freundin zusammen zu sein, die du automatisch jeden Tag siehst, die dich teilweise besser kennt als du dich selbst, die klare Maßstäbe hat und sagt, was sie denkt, mit der du stundenlang in alten Erinnerungen schwelgen und Zukunftspläne schmieden kannst, ist einfach unbezahlbar!

So eine Kinder-Teenager-Erwachsenen-Freundschaft ist schon mit einer sehr riskanten Gefühlsinvestition verbunden. Nur wenn beiden Beteiligten gleich viel an der Sache liegt, ist die erste Voraussetzung für eine beträchtliche Lebenserwartung der Freundschaft gegeben. Natürlich kann auch die von einer Art ›Altersschwäche‹ dahingerafft werden. Bei uns gibt es zum Beispiel Situationen, in denen wir uns wie ein altes Ehepaar aufführen! Dann kann man zwar nicht ohneeinander, aber auch nicht miteinander leben. Andererseits kennen wir wie ein altes Ehepaar die guten und die schlechten Seiten der Freundin ganz genau und schätzen sie. Manchmal ist es schon lustig, wenn wir uns nur anschauen und automatisch wissen, was die andere denkt. Wenn wir über die gleichen Sachen loslachen, die gleichen Sprüche ablassen, sogar über all die Jahre hinweg eine eigene Sprache entwickelt haben, unseren Jana-Alexandra-Ton.«

Alexandra, 16 & Jana, 17

»Freundschaft macht moralischer!«

Ein Interview mit einem Philosophen

Mit der Lektüre der aristotelischen Ethik vor fünf Jahren fing es an, seitdem lässt das Thema Freundschaft dem Philosophieprofessor Klaus-Dieter Eichler von der Johannes-Gutenberg-Universität Mainz keine Ruhe. Inzwischen hat sich der 49-Jährige quer durch die Jahrtausende gelesen und selbst ein Buch mit den wichtigsten philosophischen Freundschaftstexten herausgegeben. Platon, Aristoteles, Kant, Kierkegaard, Derrida – kaum ein großer Denker, der sich nicht den Kopf über das Wesen der Freundschaft zerbrochen hat. Allen voran Friedrich Nietzsche. Von ihm stammt auch die Forderung: »Man darf über seine Freunde nicht reden: sonst verredet man sich das Gefühl der Freundschaft.«

dtv: Nun reden in unserem Buch aber ganz viele Leute über ihre Freunde. Haben wir einen Fehler gemacht, Herr Professor Eichler?

Klaus-Dieter Eichler: Nietzsche wollte lediglich darauf hinweisen, dass Freundschaft immer auch auf Unausgesprochenem und Unerklärlichem beruht. Der eine fühlt sich zum anderen hingezogen. Man mag den Freund. Das ist eben so. Dafür können wir uns keinen Grund bewusst machen. Oder, um es mit dem französischen Philosophen Michel de Montaigne zu sagen: »Warum ist er mein Freund? Weil er er ist und weil ich ich bin.«

dtv: Man selbst sein zu können, den anderen zu akzeptieren … was zeichnet eine gute Freundschaft aus philosophischer Sicht sonst noch aus?

Klaus-Dieter Eichler: Zuverlässigkeit ist wichtig, außerdem muss man sowohl geben als auch nehmen können. Freunde müssen füreinander da sein, sich in schwierigen Situationen beistehen und – ganz wichtig – wissen, wann sie einander helfen sollen und wann nicht. Und dann gibt es natürlich noch den utilitaristischen Aspekt, also die Frage nach dem Nutzen einer Freundschaft.

dtv: Aber sollen Freunde nicht selbstlos handeln?

Klaus-Dieter Eichler: Freundschaft ist immer auch eine Form der Selbstbereicherung. Sie macht klüger, glücklicher und steigert das Selbstwertgefühl. Wäre es anders, würde Freundschaft sich ziemlich schnell auflösen. Das hat sogar Nietzsche so gesehen, und der hat »die Liebe der Freunde« immerhin als eine Liebe definiert, die nichts für sich begehrt und alles von sich gibt.

dtv: Arthur Schopenhauer hielt diese »Liebe der Freunde« für ein Gerücht. Er meinte, dass die Menschen viel zu egoistisch seien und dass deshalb die »wahre Freundschaft zu den Dingen gehört, von denen man wie von den kolossalen Seeschlangen nicht weiß, ob sie fabelhaft sind oder irgendwo existieren«.

Klaus-Dieter Eichler: Ich fände es schlimm, wenn es die wahre Freundschaft nicht gäbe. Wobei ich im Rückblick auf mein nun 49-jähriges Leben auch sagen muss: Die wahren Freunde sind sehr selten, und je älter man wird, umso schwerer sind sie zu finden.

dtv: Sokrates muss darüber so verzweifelt gewesen sein, dass er ausgerufen haben soll: »Freunde, es gibt keine Freunde!« Warum sehnen sich die Menschen so sehr nach Freundschaft?

Klaus-Dieter Eichler: In jedem Menschen steckt die Sehnsucht nach Übereinstimmung und Anerkennung – und zwar nach einer Anerkennung, die nicht auf der Basis von Leistung, Verträgen oder Verwandtschaft beruht, sondern auf Sympathie und Wohlwollen. Dieses Gefühl des Aufgehobenseins ist eine Art urmenschliches Bedürfnis. Man könnte auch sagen: Die Freundschaft ist eine anthropologische Konstante und deshalb hat sich auch jeder bedeutende Philosoph mit ihr auseinander gesetzt, vom 7. Jahrhundert vor Christus bis heute.

dtv: Dennoch gibt es viele Menschen, die sagen: »Wozu brauche ich Freunde? Ich komme gut allein klar!«

Klaus-Dieter Eichler: Denen möchte ich ein Zitat von Cicero entgegenhalten: »Wer die Freundschaft aus dem Leben streicht, entfernt die Sonne aus der Welt!« Das heißt: Freundschaft ist lebenswichtig. Außerdem fördert sie moralisches Handeln, denn als Freund lernt man ehrlich und zuverlässig zu sein, Rücksicht zu nehmen, eigene Ansprüche zurückzustellen und sich in den anderen hineinzuversetzen. Zusammengenommen sind dies die moralischen Standards einer Gesellschaft. Dazu kommt die Erfahrung, dass es allein von den Freunden selbst abhängt, ob ihre Freundschaft hält oder nicht. Zerbricht sie, lässt sich nichts auf andere abwälzen.

dtv: Kann es manchmal nicht auch moralisch sein, eine Freundschaft zu beenden?

Klaus-Dieter Eichler: Natürlich gibt es Gründe, die es sinnlos machen, um eine Freundschaft zu kämpfen. Ein Beispiel dafür ist die zwischen Nietzsche und Wagner: Sie ist an Wagners Antisemitismus gescheitert. Zu Recht, wie ich finde. Am meisten aber haben die Philosophen über den Verrat reflektiert, gefolgt von Schmarotzertum, Verletzung des Ehrgefühls, kumpelhaftem Anbiedern. Aristoteles führt in seiner Freundschaftslehre auch die räumliche Trennung auf. Aus seiner Sicht müssen Freunde zusammenleben.

dtv: Dann hätten Freunde, die in verschiedenen Städten oder Ländern leben, theoretisch keine Chance.

Klaus-Dieter Eichler: Ich glaube, dass die moderne soziale Mobilität und die neuen Kommunikationsformen wie E-Mail und SMS neue Freundschaftsformen und -modelle hervorbringen werden. Wie die genau aussehen werden, weiß ich allerdings noch nicht. Aber ich bin optimistisch. Denn schließlich ist das Zusammen-Leben nur ein Aspekt unter anderen. Und Aristoteles hat auch gesagt: »Die Tatsache, dass die Kühe auf einer Weide weiden, macht sie noch nicht zu Freunden.«

Buffalo

Durch dünn, dick und den Rest des Lebens

Freundschaft, wozu?

»Freunde sind wichtig
Zum Sandburgenbauen.
Freunde sind wichtig,
Wenn andre dich hauen.
Freunde sind wichtig
Zum Schneckenhaussuchen.
Freunde sind wichtig
Zum Essen von Kuchen.
Vormittags, abends,
Im Freien, im Zimmer –
Wann Freunde wichtig sind?
Eigentlich immer!«

Aus dem Poesiealbum von Nora, 13

»Freunde braucht man, um Probleme zu lösen.« **Bente, 14**

»Ich finde, man braucht Freunde auch, um Spaß zu haben.« **Emin, 14**

Mal ehrlich, unsere Gesellschaft ist nicht gerade freundschaftsfreundlich. Alle sind im Stress. Wer was werden will, muss besser sein als andere: muss mindestens drei Sprachen sprechen, in den Ferien Praktika machen und einen

Notendurchschnitt von Nullkomma-Irgendwas hinlegen. Gibt einer im Lebenslauf als Hobby seine Freunde an, beeindruckt er niemanden. Rein ökonomisch gesehen lohnt es sich also nicht, in Freundschaft zu investieren.
Und trotzdem. Ohne Freunde bist du ziemlich arm dran. Denn: Wer freut sich mit dir über deine Erfolge? Mit wem hast du Spaß? Wer wäscht dir den Kopf? Wer mag dich einfach so, egal, was in deinem Zeugnis steht? Wer fängt dich auf, wenn sich alles um dich herum auflöst?
Freunde sind die Einzigen, auf die du dich verlassen kannst – und bei denen du ein Mitbestimmungsrecht hast. Eltern trennen sich, Klassen werden durch Kurse ersetzt und dein Traumfach kannst du nur am anderen Ende der

Republik studieren. Alles ist in Bewegung, Freunde sind ein Halt. Auch im übertragenen Sinn. Wenn dein Selbstbewusstsein abschmiert, päppeln sie es wieder hoch. Und immer geben sie dir das Gefühl, wertvoll zu sein. Sie sind Fels in der Brandung, Kummerkastentante, Geheimnisträger, Seelsorger, Racheengel, Bodyguard, Therapeut, Fürsprecher, Nachhilfelehrer, Leidensgenosse, Animateur ...

»Das Beste an Freundschaft ist, dass du immer einen Halt hast. Dazu muss aber das volle Vertrauen da sein, denn sonst ist das keine Freundschaft, sondern MÜLL!!!
Ein Beispiel: Meine Freundin und ich sind auf einem nahe gelegenen Sportplatz zum Ratschen, als mich eine Gruppe Mädchen von der Sorte ›obercool‹ mit zurückgeschleckten Haaren und taschentuchgroßen Röcken anmacht: Was ich hier suche?? Was ich überhaupt für ein *abartiges* T-Shirt anhabe??? Wortlos nimmt mich meine Freundin am Arm und wir räumen das Feld.
Was daran der Freundschaftsdienst ist? Wenn sie nicht gewesen wäre, hätte ich 100 Prozent falsch reagiert und mir am Ende wahrscheinlich ein paar eingefangen! Überhaupt habe ich das von meiner Freundin erst gelernt: in bestimmten Situationen einfach wegzugehen. Das hat mir schon so manchen Ärger erspart!« **Nora, 13**

»Als mich meine erste große Liebe verlassen hat, war ich traurig, verzweifelt und wütend. Ich habe mich in meinem Zimmer verkrochen, bin total abgetaucht und überwiegend im Selbstmitleid ertrunken. Warum hatte er mich bloß verlassen? War es etwa meine Schuld? Und so weiter und so weiter! Meine Freundin hat sich das drei Tage lang angeschaut. Am vierten Tag hat sie mich geschnappt und wieder ins Leben zurückgerufen. Wir sind in Schwabing in jede Kneipe gegangen; und was soll ich sagen – es hat geholfen!« **Tanja, 19**

»Ohne meinen Freund Max wäre ich vor zwei Jahren in der Schule total abgekackt. Vor allem in Mathe. Ich hab einfach nichts verstanden. Aber weil Max damals neben mir saß, ging's. Selbst bei den Arbeiten hat er mir geholfen. Immer wenn er gemerkt hat, dass ich nicht weiterkomme, hat er geflüstert: ›Hey, schieb das Blatt rüber.‹ Einmal hat er mir sogar die ganze Arbeit geschrieben. Da hatte ich dann eine Eins ohne Fehler und am Ende des Schuljahrs 12 Punkte. Max ist halt total schlau. Trotzdem hat er ständig Probleme am Hals. Erst neulich hat ihn unsere Mathe-Lehrerin gnadenlos einen Kurs tiefer gesteckt, weil er ihr zu viel genervt hat. Als wir dagegen protestiert haben, meinte sie bloß, dass seine mündlichen Noten zu schlecht für den E-Kurs seien. Die wurde richtig feindselig, und weil sie auch noch Fachbereichsleiterin ist, war nichts zu machen. Max ist der Schlaueste von allen und kriegt vier Punkte auf dem Zeugnis. Könnt ich mich tierisch drüber aufregen. Aber ein bisschen ist er auch selber schuld. Max baut einfach zu viel Scheiß im Unterricht. Das habe ich ihm neulich auch so gesagt, aber in dem Fall hat ihn meine Meinung ausnahmsweise mal nicht besonders interessiert. Deshalb bewerfe ich Max jetzt immer mit einem Radiergummi, wenn ich sehe, dass er gerade wieder loslegen will. Irgendwie muss er ja mal auf ein paar vernünftige Noten kommen.« **Emin, 14**

»Anna war da«

Als ihre Mutter unheilbar erkrankt, ist Carlotta gerade mal 14. Es wird die schwerste Zeit ihres Lebens. Aber sie hat eine beste Freundin.

Carlotta: Die Diagnose Krebs kam Pfingsten vor vier Jahren. Damals war ich natürlich total geschockt, doch ich hab eigentlich bis einen Tag vor dem Tod meiner Mutter nicht

geglaubt, dass sie sterben würde. Ich war mir der Bedrohung nicht bewusst, habe auch nie an Abschiednehmen gedacht. Sogar später, als meine Mutter nicht mehr laufen und nicht mehr richtig sprechen konnte. Deshalb habe ich selbst auch nie andere darauf angesprochen.

Anna: Ich zum Beispiel wusste das gar nicht, jedenfalls nicht, wie schlimm es war.

Carlotta: Rausgebrochen ist es erst bei einer Freizeit mit der Theatergruppe. Da hat Chris, die Leiterin, gefragt, wie es meiner Mutter gehe. Im Nachhinein war ich froh darüber. Am Ende haben wir nämlich alle total heulend in der Küche gesessen. Für mich war es gut, mitzubekommen, wie das auch die anderen trifft. Dass sie es furchtbar finden. Dass sie es nicht nur von außen betrachten, sondern dass es sie wirklich berührt.

Anna: Als Carlotta angefangen hat zu weinen, musste ich mitweinen, weil ich das alles so entsetzlich fand. Obwohl ich mir immer gesagt hab: Hör auf zu heulen! Du bist doch nicht die, der es schlecht geht! Das hilft Carlotta auch nicht weiter! Ich wusste in dem Moment nicht, wie ich damit umgehen sollte.

Carlotta: Es war, als wäre ein Bann gebrochen. Eigentlich schizophren. Ich kann gar nicht sagen, ob ich darüber reden wollte oder nicht. Doch: Ich wollte es *nicht*. Aber als ich dann darüber gesprochen hatte, hab ich mir gedacht: wie gut das jetzt doch war. Nur – trotz der Erfahrung, dass ich

es ohne zu reden gar nicht aushalte, habe ich nicht gelernt von selbst zu sprechen.

Anna: Darum dachte ich, es ist besser, wenn ich dich frage und du erzählen kannst. Andererseits war ich unsicher, ob ich dich mit diesem Nachfragen nicht nerve. Ich wusste nur, dass du in jedem Fall jemanden brauchst, der für dich da ist. Gerade weil du ein Mensch bist, der immer versucht stark zu sein. Du hast dich ja auch nie selbst bemitleidet oder gar aufgegeben, warst trotz allem lebensfroh. Das hab ich bewundert, aber manchmal fast nicht mehr verstanden.

Carlotta: Für solche Situationen gibt es sowieso keine Regeln. Für mich war jedenfalls das, was Anna gemacht hat, ideal: dass sie da war, dass sie, weil ich von mir aus nicht geredet habe, gefragt hat. Und sicher macht das Freundschaft auch aus: so weit vorzudringen, dass man die Normen, die man selbst in solchen Extremfällen aufstellt, durchbricht. Ich denke, jeder Mensch geht mit 'ner Maske durchs Leben, die in jedem Kreis ein bisschen anders aussieht. Ich konnte bei Anna diese Maske ablegen. Nur da nicht, wo ich mir was vorgemacht habe. Wenn man sich selbst belügt – wie sollte man da vor der Freundin die Wahrheit sagen können?

Anna: Vielleicht haben wir damals so viel über Gefühle geredet wie nie zuvor.

Carlotta: Wobei das mehr meine Gefühle waren als deine.

Anna: Aber ich habe mitgefühlt, natürlich auch mitgelitten. Abends, im Bett, habe ich viel darüber nachgedacht, was ich machen soll. Ich war total betroffen, dass meine Freundin so leiden muss, und dem wollte ich mich auf keinen Fall entziehen. Andererseits habe ich es überhaupt nicht so empfunden, dass ich die Märtyrerin bin und die Beschützerrolle übernehmen muss, dass ich Carlotta mehr gebe als sie mir oder mich für sie aufopfere.

Carlotta: Hätte ich das Gefühl gehabt, wäre das auch wieder belastend gewesen. So war das Gute für mich: zu merken, dass du dich nicht nur um mich kümmerst, weil du denkst, du musst das tun, sondern weil es aus unserer Freundschaft raus kam.

Anna: Und die stand weiter im Vordergrund. Wir haben immer noch viel unternommen, sind nicht nur traurig im Zimmer rumgesessen.

Carlotta: Das wäre ja nun auch vollends furchtbar gewesen, wenn es außerhalb dieser ganzen Krankheit, dieser eh schon ziemlich beschissenen Familienverhältnisse, überhaupt kein Leben mehr gegeben hätte.

Anna: Genau in der Zeit hatte ich ziemlich heftige Auseinandersetzungen mit meinem Vater. Klar, dass das genauso Thema war.

Carlotta: Das hat mir sogar geholfen, weil es diese absolute Extremsituation wieder in den Bereich des Normalen gerückt hat: Ich meine – welcher Jugendliche in dem Alter hat keine Probleme mit seinen Eltern?! Aber jeden Abend, vorm Ins-Bett-Gehen, hat Anna bei mir angerufen, um zu hören, wie es mir geht.

Anna: Wenn ich nicht mehr weiterwusste, hab ich mit anderen darüber geredet: mit Freundinnen, mit Chris, mit meinen Eltern.

Carlotta: Davon hab ich nur ganz im Hintergrund was mitbekommen.

Anna: Ich wollte eben nichts falsch machen, weil mir schon klar war, dass ich die Person bin, zu der du das größte Vertrauen hattest. Nicht, dass ich total bescheuert reagiere und das dann voll schlecht ist für dich.

Carlotta: Keiner wusste, wie er sich verhalten sollte. Die anderen nicht. Ich selbst nicht. Ich war vor dem Tod meiner Mutter noch nie auf einer Beerdigung gewesen, hatte in einer heilen Welt gelebt, in der es nichts Böses gab. Dann musste ich mit ansehen, wie meine Mutter immer weniger wurde, bis sie gar nicht mehr da war. Und da gab es die Situation, dass Leute gesagt haben: Du kannst jederzeit zu

mir kommen, ich bin immer für dich da ... Das hat mich zwar schon gerührt, aber zwischen dem Sagen und dem Tun ist so ein großer Unterschied. Anna war da.

Anna: Ich betrachte seither das Leben mit ganz anderen Augen, denke immer, auch wenn's mal Probleme gibt, wie gut ich's doch habe. Oder wenn andere über schlechte Noten jammern, darüber, dass sie abends nicht so lang wegbleiben dürfen, sage ich mir: »Mein Gott, worüber regen die sich überhaupt auf!«

Carlotta: Sogar damals habe ich immer gesehen, was ich trotz allem noch habe. Wir leben doch eh wie die Maden im Speck. Und es gibt von allem, auch von dem Schweren, noch eine Steigerung. Die Erfahrung vom Tod meiner Mutter hat vieles ins richtige Licht gerückt. Aber auf jeden Fall hat Anna mir wirklich *sehr* geholfen. Ich weiß nicht, wie's gewesen wäre, wenn sie nicht da gewesen wäre.

Zwei Freundinnen sehen rot

Lara war schon immer meine beste Freundin. Wir haben zusammen Puppen gespielt, tote Haustiere im Garten begraben und uns bei Liebeskummer getröstet.

Letzten Sommer waren meine Eltern ein Wochenende verreist, und weil Lara auch allein zu Hause war, zog sie für drei Tage zu mir. Am ersten Abend hatten wir uns natürlich viel zu erzählen. Jede von uns mit einer Chipstüte in der Hand, saßen wir futternd und quatschend im Wohnzimmer, als es plötzlich an der Tür klingelte. Ich schaute auf die Uhr – zwei Uhr nachts! Das konnte niemand sein, den ich kannte. Wohl mal wieder irgendein Spinner, der sich einen Spaß daraus macht, Leute aufzuwecken. Da unser Haus direkt an der Straße liegt, war das schon öfter vorgekommen. Wir lästerten also munter weiter über die mit Bauernhofstickereien verzierten Klamotten unserer Erdkundelehrerin. Da schrillte die Klingel noch mal. Und noch mal. Es hörte gar nicht mehr auf. Wollte der Typ jetzt die ganze Nacht lang klingeln? Lara und ich schauten uns an und hatten denselben Gedanken: Nicht mit uns! Wütend rannten wir zur Haustür, rissen sie auf und brüllten so viele Beleidigungen nach draußen, wie uns einfielen. Mit einem letzten »Haut endlich ab, ihr Idioten!« knallten wir die Tür wieder zu.

Noch außer Atem von unserem Geschrei keuchte Lara: »Du, warum waren das so viele? Und auf dem Hof steht ein LKW ...« Im selben Moment fing die Klingel wieder an zu scheppern. Irgendwas stimmte da nicht. Ich ging zum nächsten Fenster und spähte durch die Rollladenschlitze

nach draußen. Da stand tatsächlich ein großes rotes Fahrzeug. Und die vier Männer vor der Tür trugen eine Uniform. Jetzt fingen sie auch noch an zu klopfen und etwas zu rufen. »Garten ...«, konnte ich verstehen. Ich drehte mich zu Lara um und sagte: »Mensch, das ist die Feuerwehr. Meinst du, da ist was in unserem Garten?«
Vorsichtig öffneten wir die Tür noch einmal. Der Feuerwehrmann rechnete wahrscheinlich damit, sie gleich wieder vor der Nase zugeworfen zu bekommen und sagte deshalb hastig: »Euer Kompost brennt.« Der Kompost? Wir folgten den Männern, barfuß und fröstelnd, und tatsächlich brannte es dort heftig flackernd und die Flammen begannen schon auf eine Tanne überzugreifen. Zum Glück war das Feuer mit wenigen Stößen Wasser gelöscht. Ich konnte Laras Gesicht in der Dunkelheit nicht sehen, aber ich wusste, dass sie genauso puterrot war wie ich. Bei uns im Garten brannte es und wir machten die Feuerwehrmänner zur Sau!

Als wir uns wieder etwas gefasst hatten, erklärte uns einer der Männer, dass ein Nachbar, der von der Disco heimkam, das Feuer gesehen und den Notruf gewählt hatte. Er wollte wissen, ob wir eine Ahnung hätten, wie das Feuer ausgebrochen sein könnte. Mit einem Schlag glühte mein Gesicht wieder, als mir einfiel: Wir Deppen hatten am Nachmittag gegrillt und die Kohlen auf den Komposthaufen geworfen. Anscheinend hatten sie sich mit dem gemähten Gras, das dort seit drei Tagen vor sich hin trocknete, nicht sehr gut vertragen ...

Stotternd gaben wir zu, dass wir an dem Brand schuld seien, und entschuldigten uns kleinlaut für unsere Beschimpfungen. Der Feuerwehrmann konnte ein Grinsen nicht unterdrücken. Als er und seine Kollegen schließlich weggefahren waren, schworen Lara und ich uns, nie wieder in unserem ganzen Leben zu grillen.

Moni, 20

Geliebter Feind

Freundschaft in der Krise

»Denn wären wir keine Freunde gewesen, hättest du dort am Morgen im Wald, auf der Jagd, nicht das Gewehr gegen mich erhoben. Und wären wir keine Freunde gewesen, wäre ich nicht anderntags in deine Wohnung gegangen, in die du mich nie eingeladen hattest, wo du das Geheimnis wahrtest, das böse, unverständliche Geheimnis, das unsere Freundschaft vergiftete.« **Aus: Sándor Márai, Die Glut**

»Freundschaft muss alles aushalten, denn wahre Freundschaft trennt nichts.« **Tanja, 19**

»Wenn Freundschaft als Mittel zum Zweck benutzt wird, dann bringt das die Freundschaft um.« **Steffi, 18**

Zusammen sind sie unschlagbar. Unzertrennbar sowieso. Da sind sich fast alle Freunde fast immer sicher. Trotzdem: Krisen gehören zu jeder lebendigen Beziehung dazu und darum kann selbst eine gute Freundschaft gelegentlich in Schieflage geraten. Oder sogar kippen.

Ein paar Beispiele:

- Ihr seid euch vertraut, ganz nah – doch dann liegen Tausende von Kilometern zwischen euch.
- Du teilst alles, gibst mit beiden Händen – jetzt fühlst du dich völlig leer, von allen ausgenützt. Und überhaupt: Wo ist eigentlich deine Tankstelle?
- Deine Freundin hat, das weißt du, ein großes, weites Herz – aber inzwischen wohnen da viel zu viel Leute drin und für dich ist einfach nicht mehr genug Platz.
- Du bist eigentlich kein Erbsenzähler – doch was deine Freunde als große Freiheit verbuchen, geht dir als große Unzuverlässigkeit auf die Nerven.
- Du fühlst dich abgemeldet – weil dein Freund, vor Liebe blind, nur noch Augen für seine Auserwählte hat.
- Du hast ja nun wirklich nichts gegen Nähe – aber wenn du gar nichts mehr allein machen darfst, wird's für dich eng.
- Du hast unter dem Siegel absoluter Verschwiegenheit dein Herz ausgeschüttet – und hörst deine Geschichte ein paar Tage später en detail von anderen.
- Du bist gerne ein gutes Vorbild – aber dass du in allem abgekupfert wirst, magst du nicht länger mit anschauen.
- Deine Freunde sagen dir bereitwillig und zunehmend ungefragt, wo's langgeht – dabei reicht es doch vollkommen, wenn deine Eltern schon alles besser wissen.

Freundschaft für die Ewigkeit? Gibt's öfter im Roman als im echten Leben. Selbst wenn die meisten genau davon träumen ...

Die Freundschaftskiller: Eifersucht, Neid, Konkurrenz

»Ich habe eine Freundin, mit der ich ziemlich konkurriere. Sie spielt Basketball – ich spiele Basketball. Sie tanzt Tango – ich tanze Tango. Sie will vielleicht Schauspielerin werden – ich will vielleicht Schauspielerin werden. Beide geben wir in dem, was uns wichtig ist, unser Bestes und kommen uns dadurch immer wieder ins Gehege. Zum Beispiel beim Basketball: Ich war auf der Suche nach einem Verein, habe mich schließlich in ihrem Verein angemeldet – natürlich dachte sie, weil sie schon länger dabei war, dass sie viel besser wäre als ich. Stimmte aber nicht: Ich hab sie total erstaunt mit dem, was ich konnte. Das hat sie sich zwar nicht wirklich anmerken lassen, trotzdem habe ich gespürt, dass sie tierisch eifersüchtig war auf mich. Und ich genauso oft auch auf sie: etwa beim Tango, wo ich brav meine Kurse gemacht habe, und dann ist sie dazugekommen und hat natürlich gleich mal den Schnupperkurs übersprungen. Das kam mir vor, als wollte sie mir sagen: ›Ich brauch keine Einführung – du schon!‹ Außerdem hat sie sich auch noch meinen Lieblingstanzpartner an Land gezogen, mit dem hat sie dauernd getanzt, während ich am Rand stand mit dem Gefühl: ›Hey, Moment mal, eigentlich waren wir mal die Cracks.‹
Da ist etwas Unausgesprochenes zwischen uns, etwas, das uns aber beide gleich betrifft. Wir konkurrieren einfach wahnsinnig. Das ist wirklich krass. Auch mit der Schauspielerei. Wenn ich sage, dass ich bei irgendeinem Casting war, kriegt sie ganz große Augen und dann kommt: ›Ja, und *ich*, ich hab da und da mitgemacht …‹ Also auch gleich wieder der Vergleich. Oder in der Schule. Da haben wir vorletztes Jahr eine Art Broadway-Show inszeniert, mit alten Schlagern, Tanz, Musik, super Kostümen – natürlich

Neid und Eifersucht – was tun?

Niemand ist gern neidisch – vor allem nicht auf die besten Freunde. Und trotzdem kann es passieren. Gemeinerweise sogar gerade mit besten Freunden. Was dann? Sieben Strategien von der Diplompsychologin Dr. Ann Elisabeth Auhagen:

1) Neid und Eifersucht nicht leugnen, sondern eingestehen. Meist entschärft sich schon dadurch das Problem.

2) Behandle den anderen so, wie du selbst behandelt werden möchtest!

3) Fair bleiben: Den anderen nicht austricksen!

4) Sich klar machen, dass man den anderen schätzt.

5) Vergleichen ist generell unnötig. Niemand ist schöner, klüger, besser als der andere, auch wenn es dir so vorkommt.

6) Sich fragen: Gibt es überhaupt etwas, das mir weggenommen werden kann? Gehört das, was ich dem anderen neide, überhaupt mir?

7) Vergiss nicht: Nur weil die andere in deinen Basketball-Verein kommt, fliegst du deshalb noch lange nicht raus!

waren wir auf denselben Song scharf: *Tonight*. Ich dachte, dass es jetzt um alles oder nichts geht, dass ich der Depp vom Dienst wäre, wenn sie den Song kriegt und nicht ich. Na ja. Schließlich hat sie ihn bekommen. Da war sie der Sieger. Ich hatte zwar auch noch meinen Auftritt – aber eben nicht den, den ich wollte.

Schwierig ist bei uns, dass wir so ähnliche Interessen haben, obwohl wir sonst sehr verschieden sind. Und: dass wir beide ehrgeizig sind. Manchmal fällt es mir schwer, die anderen auch mal ranzulassen. Aber das habe ich inzwischen realisiert und probiere von daher zu sagen: ›Mensch, jetzt nimm halt nicht alles so wichtig! Das ist doch jetzt wurscht, ob du verlierst oder was auch immer.‹ Wenn ich aber merke, dass meine Freundin durchstartet, dass sie, meinetwegen beim Brennball, von Base zu Base rast, um gleich mal ’nen Homerun zu schaffen – dann verspüre ich das dringende Bedürfnis, noch weiter zu werfen, noch schneller zu rennen, noch mehr Punkte zu kassieren! Da fühle ich mich von dieser Art, die sie eben auch sehr, sehr stark hat, richtig provoziert. Von daher kommen wir in der Beziehung nicht

klar. Trotzdem: Wir haben uns, so weit es geht, damit abgefunden. Schließlich arrangieren wir uns schon seit der Grundschule damit.
Natürlich gehen Neid, Eifersucht, Konkurrenz ans Persönliche. Aber man kann es schaffen, das in der Freundschaft zurückzustellen und das Gute am anderen zu sehen. Meine Freundin hat ja auch noch andere Seiten, von denen ich sagen würde: Das macht sie aus! Und da verstehen wir uns super! Ich vermeide bei ihr einfach brenzlige Situationen. Also – wenn ich zum Beispiel Stepptanz anfangen wollte, wäre sie sicher die Letzte, die ich fragen würde, ob sie mitmachen will! Oder ich würde mich nie um ein Shooting kümmern, bei dem ich von vornherein weiß,

dass ihr das auch wichtig ist, dass die Agentur sie vielleicht schon kennt oder der Fotograf sie womöglich besser findet. In dem Geschäft kann man zwar gar nicht früh genug lernen, dass andere einem selbst vorgezogen werden, trotzdem ist das immer wieder schwer. Was das angeht, versuche ich ihr aus dem Weg zu gehen, um nicht, was unsere Freundschaft belastet und vielleicht sogar gefährden könnte, auch noch herauszufordern. Und bisher klappt das. Sie ist in jedem Falle eine Freundin geblieben.«
Julia, 19

Abgeschrieben – wenn der Freund eine Freundin hat …

»Gibt's das? Busenkumpel? Na egal, jedenfalls waren Javier und ich diejenigen, die es in unserem Austauschprogramm irgendwie draufhatten: Wir sind mit dem Auto rumgefahren, haben europäische Mucke gehört, Bacardi getrunken, über zu Hause geredet und unsere Highschool-Mannschaft nach vorne geschossen. Es war eben einfach tutti zwischen uns – bis sich Javier zu Beginn der neuen Fußballsaison in eine Spielerin aus der Mädchen-Mannschaft verliebt hat und plötzlich nur noch mit ihr zusammen war. Am Anfang fand ich das okay, ich hätte ja selbst gerne jemand kennen gelernt, aber als er nach sechs Wochen immer noch gemeint hat: ›Nee, ich bin schon verabredet‹, hat es mich dann doch gestört. Ich habe mich wie abgeschnitten gefühlt und mir sogar gewünscht, dass die Beziehung in die Brüche geht. Fand ich selbst keinen schönen Zug an mir, aber ich mochte die Frau einfach nicht. Irgendwie war sie unreif und vom Aussehen her auch nicht mein Typ. Das habe ich Javier auch deutlich gezeigt. Dass ihn das belastet hat, war mir egal. Schließlich war er der Verräter, nicht ich.

Heute tut's mir ein bisschen Leid, denn seit ich selbst eine Freundin habe, weiß ich: Wenn man verliebt ist, reagiert man aus dem Bauch heraus und fragt sich nicht, was jetzt das Loyalste oder Fairste ist. Trotzdem versuche ich meinen besten Freund nicht so zu vernachlässigen, wie Javier mich vernachlässigt hat. Aber das ist unglaublich kompliziert; im Augenblick ist es nämlich nun mal so, dass ich lieber mit meiner Freundin Arm in Arm Video gucke als mit meinem Freund um die Häuser zu ziehen. Am letzten Samstag habe ich ihn sogar in letzter Minute versetzt. Als ich mit ihm darüber reden wollte, hat er bloß abgewunken und gesagt: ›Versteh ich ja.‹ Aber das habe ich zu Javier damals auch gesagt. Dabei hat es mich total deprimiert zu sehen, dass sein Gefühl für das Mädel stärker ist als das Gefühl für mich und dass sie einfach so meinen Platz eingenommen hat. Ach ja: Mein Freund kann meine Freundin auch nicht so hundertprozentig leiden. Er findet sie zu dominant. Ich finde sie sahnig. Aber das sage ich meinem Freund natürlich nicht. Aus Rücksicht. Wie Javier damals. Übrigens werde ich ihn diesen Sommer in Madrid besuchen. Natürlich ohne meine Freundin. Ich freue mich schon.«

Dan Alec, 19

... oder die Freundin einen Freund

»An meiner Freundin Sabine mag ich besonders ihre offene Art und die Freude, die sie ausstrahlt. Und niemals werde ich ihr vergessen, wie sie mir immer wieder geholfen hat, indem sie mir einfach zugehört hat. Außerdem erinnere ich mich an ewige Diskussionen über Gott und die Welt, an lustige Abende, an x Partys, an den Spaß, den wir hatten. *Fast noch nie habe ich mich von einem Menschen so gut verstanden gefühlt wie von Sabine,* habe ich damals in mein Tagebuch geschrieben.

Ein paar Wochen später stand *das* drin: *Ich liege im Bett und heule. Kann kaum noch lesen, was ich schreibe. Das alles ist nur wegen Sabine. Wir hatten ausgemacht heute Abend zu telefonieren und uns später noch zu treffen. Ich rufe um die vereinbarte Zeit an und bekomme nur an den Kopf geknallt: ›Tut mir Leid, aber der Daniel ist gerade bei mir und ich habe doch heute sturmfrei. Bitte sei nicht sauer. Bis morgen. Ciao!‹*

Da hatte Sabine sich in ihren alten Grundschulfreund Daniel verliebt.

Zitat aus meinem Tagebuch: *Die Sabine hat es nun endlich geschafft. Daniel und sie sind seit letztem Samstag ein Paar, und das auch, weil ich gründlich dafür gesorgt habe. Zwei in dieser Beziehung so schüchterne Menschen haben es da schon schwer ... Ich freue mich wahnsinnig für Sabine, trotzdem bin ich manchmal traurig, wenn ich sehe, wie sich die beiden umarmen oder küssen, weil ich eben kein Glück in der Liebe habe. Sabine tröstet mich aber immer ganz lieb und sagt: ›Wart ab, es wird schon noch der Richtige kommen!‹*

Am Anfang hat sie mir weiter alles über sich, die neue Beziehung, über alltägliche Erlebnisse erzählt.

Zweite Wahl

Wenn sich einer verliebt, ist das einer der häufigsten Gründe, warum Freundschaft auseinander bricht: Der eine möchte am liebsten rund um die Uhr mit der großen Liebe Händchen halten, der andere muss sehen, wo er bleibt. Doch die Freunde dauernd zu vertrösten, zu vergessen oder gar fallen zu lassen ist ein Fehler. Es muss beides gehen: Liebe und Freundschaft. Freundschaft und Liebe. Denn das eine kann das andere nicht ersetzen und es schließt es auch nicht aus. Stellen euch eure Partner ein Ultimatum, weil ihr euch weiterhin mit euren Freunden treffen wollt, besteht dringender Diskussionsbedarf. Macht euch klar: Freunde nehmen der Liebe nichts weg – außer ein paar Stunden zu zweit. Und die könnt ihr nachholen. Freunde, die ihr ständig verprellt, sind irgendwann weg.

Umgekehrt gilt: Ehe du dir neue Freunde suchst, weil dein Freund nur noch an seine Liebste denkt, sag dem Wolke-Sieben-Bewohner, dass du ihn vermisst! Ist er dein Freund, nimmt er dich in den Arm.

Oft haben wir etwas zu dritt unternommen und ich hab mich mit Daniel auch sehr gut verstanden. Ich habe Sabine geholfen ihre Eltern zu überreden, dass sie bei Daniel übernachten durfte, und bin sogar mit ihr zum Frauenarzt gegangen. Unserer Freundschaft konnte doch nichts was anhaben. Oder?
Nach zwei Monaten habe ich aber gemerkt, dass Daniel einen immer größeren Platz in ihrem Leben einnahm. Das geplatzte Telefonat, der gemütliche Videoabend, aus dem nichts geworden ist – es gab immer mehr Situationen, die mir gezeigt haben, dass meiner besten Freundin auf einmal jemand anderer wichtiger war. Noch mal aus meinem Tagebuch: *Ich fühle mich echt so beschissen. Obwohl ich ja auch noch andere gute Freunde habe, mit denen ich gerne etwas unternehme, fühle ich mich ausgenutzt, als fünftes Rad am Wagen.*
Natürlich habe ich versucht mit Sabine über meine Enttäuschung zu reden. Ihr tat es zwar irgendwie Leid, aber sie hat nichts an ihrem Verhalten geändert. Wenn wir alleine waren, war ja alles wie früher und ich wollte mir diese wenigen Abende auch nicht durch einen Streit mit ihr verderben ... Trotzdem habe ich mich mit der Zeit immer mehr auf andere Freundschaften konzentriert, schließlich darin neuen Halt gefunden.
Sabine ist bis heute mit Daniel zusammen – jetzt schon über ein Jahr. Wir können immer noch gut miteinander reden, aber die Nähe, die ich früher in unserer Freundschaft gespürt habe, fühle ich nicht mehr so stark. Auch zu Daniel habe ich wenig Kontakt, weil auch er fast nichts mehr ohne Sabine unternimmt.
Manchmal frage ich mich, wie es zwischen Sabine und mir sein wird, wenn die Beziehung der beiden vielleicht zerbricht. So wie früher? Ich glaube nicht ...«
Lea, 17

Aus den Augen, aus dem Sinn: Wenn einer weggeht
Aus Ninas Tagebuch

Sonntag, 22. November

Endlich. Ich hab mich entschieden. Obwohl ich absolut keine Ahnung hab, ob ich das nicht in ein paar Wochen total bereuen werde. Na ja, aber wenigstens ist dieses blöde Hin und Her jetzt vorbei. Ich werde die elfte in England machen, in einem Internat, wo ich kein Schwein kenne. Und alle meine Freunde bleiben hier und werden mich nach ein

paar Wochen vergessen. Aber ich hab's ja nicht anders gewollt ...

Donnerstag, 4. März

Heute war ich mit Kathi und Maja in der Stadt. Es war so richtig nett und plötzlich – wir saßen in einem kleinen Café – hab ich mich gefragt, warum ich bloß so blöd bin und das alles hier für ein Jahr aufgeben will. Freiwillig! Sicher, es wird bestimmt ganz spannend. Aber ist es das wert? Wer weiß, ob wir uns nicht alle total auseinander entwickeln werden. Und dann steh ich da. Mit englischer Schuluniform und erweitertem Wortschatz, aber ohne Freunde. O Gott, Nina, was hast du dir da nur eingebrockt???

Montag, 5. Juli

Ich hab gerade mit einem Mädchen aus Hamburg telefoniert, die auch ein Jahr an »meiner« Schule in England war. Sie hat total geschwärmt. Irgendwie freu ich mich ja schon langsam. Ich will was erleben! Aber wenn ich an den Abschied denke, wird mir ganz schlecht. Noch zwei Monate!!!

Sunday, 19th September, ENGLAND

Ich bin da!!! Im Land der Teetrinker und Linksfahrer! Es ist einfach Wahnsinn, was alles so auf einen einstürzt. Ich weiß gerade mal, dass mein »dormate« – das

Mädel, das mit mir das Zimmer teilt – Jane heißt. Aber die Namen der anderen – keine Chance! Wegen der Schuluniform sehen alle so verdammt ähnlich aus! Es ist schon ein ziemlich krasses Bild, wenn alle Mädchen mit ihren Röcken und die Jungs in ihren schicken Anzügen zum Frühstück laufen!

Wednesday, 6th October

Das Klischee, dass die Engländer abweisend sind, kann ich nicht bestätigen. Hier sind echt alle supernett und helfen mir, wo sie nur können. Trotzdem: Ob ich richtig feste Freunde finden werde, bezweifle ich sehr! Es gibt nämlich schon ziemliche Cliquen. Aber das ist ja kein Wunder, denn die meisten sind hier, seit sie 12 sind. Ach ja, meine Leute zu Hause fehlen mir. Der Abschied von allen war ätzend und ich habe geheult wie ein Schlosshund. Kathi und Maja haben mir ein total süßes Geschenk gemacht: eine Schachtel mit lauter kleinen Geschenkpäckchen. Für jede Woche eins.

Wednesday, 9th February

Heute Morgen hab ich meine E-Mails gecheckt und es war auch eine von Kathi dabei. Sie hat geschrieben, dass sie und noch ein paar andere gestern auf einer Party vom Philip waren. Und da waren sooo tolle Leute und es war sooo nett. Sie hat total rumgeschwärmt und da hab ich dann schon ein paar Stiche gefühlt. Da hättest du auch dabei sein können, Nina! Aber was soll's, ich muss sagen, dass mir solche Berichte (und von der Sorte krieg ich nicht zu knapp!) langsam nicht mehr so viel ausmachen wie am Anfang.

Saturday night, 11th March

Ziemlich gemischter Tag. Der Vormittag (Unterricht! Am Samstag!) war relativ blöd, aber der Abend dann umso besser. Clare, Jane, Nick, Jimmy, Al und ich waren nämlich im Pub. Eigentlich zwar strengstens verboten, aber trotzdem war die halbe Schule da. Hier in diesem Kleinstädtchen gibt's auch nicht besonders viele Alternativen. Jedenfalls war das einer der Momente, in denen ich mich wahnsinnig freue, dass ich mutig genug war hierher zu kommen. Und langsam hab ich schon richtige Freunde gefunden. Okay, es ist vielleicht ein bisschen oberflächlicher, weil wir uns nicht so lange kennen, aber dafür sind wir Tag und Nacht beeinander, und das schweißt wahnsinnig zusammen.

Saturday, 24th June

Eine Woche noch und dann war's das. Meine Zeit hier ist rum. Das ist so unglaublich!!! Ein total komisches Gefühl! Vor einem knappen Jahr hab ich mir noch Gedanken über den Abschied von zu Hause gemacht und jetzt muss ich bald allen neuen *friends* hier *bye* sagen. Das wird bestimmt total ätzend. Denn ob ich die so bald wiedersehen werde? Und dann geht's zurück nach Deutschland und es wird sich rausstellen, ob ich mit meinen Freunden da überhaupt noch irgendwas anfangen kann. Ich hab von einer gehört, die sich, als sie wieder zu Hause war, so fehl am Platze gefühlt hat, dass sie gleich wieder gegangen ist. Na, das kann ja heiter werden ...

Immer Anschluss unter diese Nummer

Wer in verschiedenen Welten lebt, muss sich öfter updaten. Wie, ist egal. Mailen, Briefe schreiben, SMS oder mal eine Postkarte und natürlich anrufen, so oft es geht. Man kann sich auch fürs Telefon verabreden. Telefonkosten lassen sich teilen. Und nicht vergessen: immer schön die anderen grüßen lassen!

Mittwoch, 5. Juli, Deutschland

Sooo schlimm, wie ich am Anfang gedacht habe, ist die Ankunft hier nicht gewesen. Ich hab mich gleich am ersten Abend mit ein paar Freunden getroffen – sie hatten alles ganz lieb organisiert. War schön, aber irgendwie auch komisch. Sie haben von irgendwas oder von irgendwem geredet, wovon ich keinen Dunst hatte, und wenn sie mich mal nach England gefragt haben, klang das manchmal auch nicht so richtig interessiert. Trotzdem war's mit den meisten wieder total vertraut. Als wär ich nie weg gewesen. Oder höchstens mal zwei Wochen. Bei ein paar Leuten allerdings merke ich eine ziemlich große Distanz. Bei Maja zum Beispiel. Komischerweise macht mir das gar nicht so viel aus. In England hab ich so wahnsinnig nette Leute kennen gelernt. Zum Abschied, der total traurig war, haben sie mir ein Buch mit lauter unglaublich netten *Goodbye*-Briefen geschenkt. Mit denen bleib ich bestimmt in Kontakt.

Donnerstag, 20. Juli

Ich muss echt sagen, dass ich, was Freunde angeht, durch dieses eine Jahr insgesamt lockerer geworden bin. Denn wenn ich in England nette Leute gefunden hab, werde ich auch hier immer wieder neue Menschen kennen lernen, mit denen ich auf einer Linie bin. Und außerdem: Freunde können sich auch so auseinander entwickeln, ohne dass einer weggeht. Abgesehen davon ist mit den meisten meiner alten Freunde die Freundschaft fast noch enger geworden. Wir haben uns ja oft E-Mails und Briefe geschrieben und die waren ziemlich offen, weil wir uns erzählt haben, was uns so auf der Seele lag.
So, jetzt muss ich noch packen, denn morgen fahr ich mit meiner »alten« Klasse nach Wien. Ich freu mich schon total mal wieder länger mit den ganzen Leuten zusammen zu sein. Übrigens darf ich nicht vergessen denen in England Postkarten zu schreiben. Schließlich hab ich ja jetzt noch eine ganze Ladung neuer Freunde dazubekommen.

Miese Tour – Freunde ausspannen

»Wer das nötig hat, hat ein ganz schlechtes Selbstbewusstsein!« **Alexander, 24**

»Das hat mit Freundschaft nichts zu tun, sondern mit Egoismus!« **Deborah, 19**

»Eigentlich war ich schon von Anfang an ziemlich außen vor: Wir waren neu hergezogen, unser Haus eine einzige Baustelle, an Klamotten zog ich an, was ich gerade in die Finger kriegte. Bei den ganzen Mamakindern hier und ihren aufgestylten Müttern kam das natürlich gar nicht gut ... Ein Mädchen aber mochte ich ganz gerne, und ausgerechnet die hat mir dann das Leben richtig zur Hölle gemacht. Die hat mir meine Freundinnen eine nach der anderen ausgespannt. Plötzlich haben die mich versetzt, weil sie mit *ihr* verabredet waren; dabei hatte diese Nina *nach* mir mit denen was ausgemacht. Oder sie hat sich bei 'ner Geburtstagsparty, bei der die Gäste ins Kino eingeladen wurden, einfach neben meine Freundin gesetzt, auf den Platz, der eigentlich für mich reserviert war, und mich dann auch noch mit dem Geschenk ausgestochen. Da hatte ich ihr nämlich, dumm, wie ich war, vorher von meiner Idee erzählt – und Nina hat doch tatsächlich das Gleiche gekauft, nur größer, teurer, toller. Bloß, damit ich blöd dastehe. Außerdem fing sie an hinter meinem Rücken miese Sachen über mich zu verbreiten: dass ich stinken würde, mir nie die Haare waschen würde – absolut bescheuertes Zeug! Noch schlimmer war, dass sie die anderen gegen mich ausgespielt hat. Weil sie vor mir aber immer noch die total liebe Freundin rausgekehrt hat, hat es ewig gedauert, bis ich das überhaupt gemerkt habe.

Erst hat sich das noch fortgesetzt – in der Schule, auf Wandertagen, bei Festen oder so gibt's ja x Gelegenheiten: Dauernd musste sie sich dazwischendrängen, immer die erste Geige spielen, hat sich an die anderen drangehängt und die für sich vereinnahmt. Oder sie war wegen irgendwas plötzlich total sauer auf mich und ich hab nie kapiert, warum eigentlich. Gleichzeitig konnte sie mich aber so einwickeln, dass ich *alles* getan habe, nur damit sie wieder gut mit mir war. Ich weiß nicht. Sie hatte da so 'ne ganz spezielle Ausstrahlung, dass sie jeden um den Finger wickeln konnte. Was sie noch perfekt beherrscht hat, war den Eindruck zu vermitteln, dass alles, was sie hat, das Allertollste von der ganzen Welt wäre – was ich hatte, war natürlich Schrott. Dementsprechend hat sie die ganzen Leute von mir weg zu sich hingezogen. Meine Mutter hat da schon gesagt: ›Komm, vergiss die doch!‹ Aber ich wollte nicht. Stattdessen habe ich mich gefragt, was an mir falsch ist, ob ich was anders machen muss.
Irgendwann wurden auch die Reaktionen der anderen immer krasser. Die haben sich eingemischt, ständig für Nina Partei ergriffen und sich extrem von mir abgegrenzt. Da ist sogar mir ein Licht aufgegangen, was eigentlich läuft. Nur: Wie sollst du dich verteidigen? Du fühlst dich so eingesperrt. Kannst dich nicht wehren. Du sitzt nur da und denkst: Was soll ich zu diesem ganzen Quatsch überhaupt noch sagen! Zeitweise war es so, als hätte ich gar keine Freundinnen mehr. Als hätte Nina tatsächlich geschafft, was sie ja anscheinend wollte: alle und alles schlecht zu machen oder mir wegzunehmen, was mir wichtig war. Schließlich hab ich ihr ins Gesicht gebrüllt, sie wäre 'ne blöde Kuh, sie sollte das lassen und vor allem sollte sie aufhören diese Lügen über mich in Umlauf zu bringen!
Danach habe ich meinen Freundinnen Punkt für Punkt bewiesen, dass das, was Nina verbreitet hatte, absolut nicht stimmte. Mit Nina habe ich kein Wort mehr geredet.

Aber noch heute reagiere ich sehr empfindlich. Mit neuen Leute bin ich ganz vorsichtig. Vor allem stelle ich von Anfang an klar, dass, wenn jemand was gegen mich hat, er mir das bitte persönlich sagen soll. Und auch umgekehrt, wenn ich mit meinen Freundinnen Probleme habe, raste ich jedes Mal aus, serviere ihnen immer alles ganz genau. Und zwar direkt. Denn ich hasse das so, wenn irgendwer irgendwas hintenrum labert.« **Anna, 16**

»Streit hatten wir nie nötig«

Rückblick auf ein halbes Jahrhundert Freundschaft

Als sie sich kennen lernten, waren sie in der Berufsschule und 17. Heute sind sie in Rente und noch immer befreundet. Ingrid, Heidi und Brunhilde. Drei Herzen, eine Seele.

Manchmal staunen sie selbst über sich. Seit fast fünfzig Jahren befreundet, noch nie ein ernsthafter Streit, dafür Umzüge quer durch die Republik, Hochzeiten in Grün, Silber und bald auch Gold, drei Geburten, ein paar flott gerauchte Zigaretten, ein Meer voller Kaffee, noch mehr Erinnerungen. »Weißt du noch, der Kochkurs?«, fragt Heidi. »Wo uns die ganzen Erbsen über den Topfrand gekullert sind?«
Es ist mal wieder Montag. Kurz nach 15 Uhr im Ratscafé Bielefeld. Die Tische sind zur Hälfte besetzt, im Hintergrund spielt ein Piano. Ingrid, Heidi und Brunhilde sitzen am Fenster und bequatschen die letzten vier Wochen. Enkel-

besuch, Schmandkuchenrezepte, das neue Hallenbad, die letzte Radtour, der Garten. »Was geht's uns doch heute gut«, sagt Ingrid und lehnt sich zufrieden zurück.
Das war nicht immer so. Als die drei Freundinnen sich kennen lernten, 1953, schoben sie Frust. Zu wenig Geld, zu wenig Freiheit und noch dazu eine Ausbildung, die sie nicht mochten. »Gehilfin in wirtschaftsprüfenden und -beratenden Berufen nannte sich das«, sagt Brunhilde und verdreht die Augen, »scheußlich, diese Berufsschule, ich habe alles verdrängt.«
Die einzigen Lichtblicke waren die Schulpausen und die Aussicht auf die Zeit danach. Denn die drei hatten beschlossen: »Wenn wir die Prüfung alle schaffen, fahren wir zusammen ans Meer.« Und da lagen sie dann, stolz wie Bolle und rot wie die Krebse; Ingrid, Heidi und Brunhilde, Herzgesicht, Lockenkopf und Katherine-Hepburn-Double. Dass Ingrids Vater Stress gemacht hatte, war längst vergessen. Paul-Heinz dagegen nicht. »Mensch, war Ingrid verliebt«, sagt Brunhilde und schmunzelt. »Und ständig hat sie seinen Namen in den Sand gemalt.«
Zwei Jahre später war Ingrid verheiratet, mit Paul-Heinz. Für die Freundschaft bedeutete das Funkstille. »Da waren die Interessen so anders«, erklärt Ingrid, »wenn ihr dann so rumgealbert habt, dachte ich: Was soll das? Das war nicht mehr meine Welt.« Außerdem fehlte das Geld fürs Ratscafé und auch die Zeit. »Wir haben uns aber immer geschrieben«, sagt Brunhilde, »zum Geburtstag.«
Als Ingrid dreißig wurde, stand Brunhilde mit einem Blumenstrauß vor der Tür. Und einen Mann hatte sie auch dabei. Ab 1972 trafen sich die drei wieder regelmäßig. Gesprächsthema Nummer eins waren die Kinder. Nur Heidi konnte nicht mitreden. »Da war ich neidisch.«
Sonst herrschte Harmonie. »Streit hatten wir nicht nötig«, sagt Ingrid. »Wir müssen uns nichts beweisen. Und wenn eine Mist baut, gibt sie es zu.« Was verbindet die drei noch

außer all den Jahren? »Tja, was ist es?«, überlegt Brunhilde und schaut in die Runde. »Mein Mann sagt immer: Wir seien uns ähnlich«, sagt Heidi, »gleicher Beruf, gleiche Interessen und alle drei sind wir Kriegskinder. Außerdem haben wir alle groß gewachsene Männer geheiratet.« Erst Ingrid ihren Paul-Heinz, dann Brunhilde ihren Gerd und schließlich Heidi ihren Fritz.
Seit die in Rente sind und »zu Hause rumsitzen« – wie Brunhilde sagt –, haben die drei Freundinnen ihre Treffen wieder ins Ratscafé verlegt. »Weil's besser ist«, sagt Heidi. »Da redet man über ganz andere Themen.« Sind die drei unter sich, ist nichts tabu. Heidis Brustkrebs nicht, die Falten nicht – »und manchmal«, sagt Heidi, »überlegen wir uns sogar, wie wir beerdigt werden wollen«. Noch haben sie sich nicht entschieden. Wieso auch? »Wir sind doch nicht älter geworden«, sagt Ingrid. »Nur reifer«, ergänzt Brunhilde und kichert. Dann bestellt sie einen Kaffee. Und einen Likör. Genauso wie früher. Nur die Zigarette fehlt.

»Du kannst mich mal!« Der große Krach

»Streit muss sein!« **Alexander, 24**

»Streit? Das braucht's nicht.« **Martin, 19**

Früher ging streiten so: Dein Sandkastenfreund rückt die Förmchen nicht raus, du brätst ihm eins mit der Schaufel über und die Erwachsenen rufen: »Aber das ist doch dein Freund!« Eben.
Zugegeben, es gibt bessere Methoden, Konflikte auszutragen. Ihnen aus dem Weg gehen sollte man aber auf keinen Fall. Wut muss raus. Enttäuschung auch. Und zwar rechtzeitig. Immer nur auf Friede, Freude, Eierkuchen zu machen bringt's nicht.
Klar ist da die Angst, dass der andere nach einem Streit sagt: »Du kannst mich mal!«, und einfach geht. Schließlich ist Freundschaft freiwillig – und ein Freundschaftsring kein Ehering. Aber so groß ist das Risiko nun auch wieder nicht. Denn: Ihr seid ja Freunde! Das heißt: Ihr seid euch nicht gleichgültig. Ihr könnt euch vertrauen. Und ihr könnt euch darauf verlassen, dass der andere euch nicht absichtlich verletzt – auch wenn ihr mal im Streit so richtig aneinander kracht und euch aufs Übelste beschimpft.
Das soll jetzt kein Plädoyer für Dauerzoff sein. Streit um des Streits willen ist ätzend. Streit um der Freundschaft willen ist gut. Er hilft Missverständnisse zu klären, Probleme zu lösen und Dinge oder Macken, die euch stören, zu ändern

oder abzustellen. Und mal abgesehen davon: Wer sich nie streitet, wird nie erfahren, wie schön es ist, sich bei der Versöhnung heulend in den Armen zu liegen.

»Die Freundschaft zwischen Niki und mir ist für mich das perfekte Beispiel einer fast idealen Freundschaft! Nur einmal schien sie auseinander zu gehen. Das war damals so: Auf einer Skifreizeit hatte ich mich in ein Mädchen verguckt, das Niki auch nicht unbedingt unattraktiv fand. Als ich gemerkt habe, dass die beiden sich gut verstehen, bin ich vor Eifersucht fast geplatzt. Ich habe auf einmal vergessen, dass dieser Mensch mein bester Freund ist, und ihm auf eine nicht sehr nette Art und Weise gesagt, dass er die Finger von dem Mädchen lassen soll! Zwei Tage später bin ich mit ihr zusammengekommen, aber ich war nicht glücklich. Ich hatte meinem besten Freund vorge-

worfen, dass er mir meine Freundin wegnehmen will, obwohl sie da noch gar nicht meine Freundin war und ich nicht wissen konnte, ob sie nicht eher was von ihm will als von mir! Dieses egoistische Verhalten hat mir schlaflose Nächte bereitet! Für manch einen mag das melodramatisch klingen, aber für mich war es sehr schlimm, meinen Freund derart angegriffen zu haben. Doch er hat mir sofort verziehen – und am Ende hat das unsere Freundschaft nur noch mehr gefestigt!« **Izzet, 16**

Eine Art Antwort für Izzet von Niki:
»Izzet war eifersüchtig geworden, als wir Leute aus dem Profikurs in den letzten drei Tagen andere Gruppen übernommen hatten, um die Lehrer zu entlasten. War das Zufall oder nicht? Ich weiß es nicht mehr. Jedenfalls bin ich nun mit dem Anfängerkurs gefahren, in dem auch Izzet und dieses Mädchen waren. Er hatte wohl schon feste Absichten mit ihr. Ich dagegen fand sie zwar sehr interessant, wusste aber noch nicht, ob sie wirklich das Mädchen war, mit dem ich eine Beziehung eingehen wollte. Deshalb fand ich es auch nicht so schlimm, als Izzet mir gesagt hat, ich soll die Finger von ihr lassen. Er hat es auch gar nicht so drastisch formuliert. Aber bei Izzet hat das echte Gewissensbisse ausgelöst! Außerdem ist so eine Reaktion – ›Lass die Finger von ihr!‹ – ja auch verständlich. Liebe macht eben blind – oder?!« **Niki, 17**

Hochspannung im Netz

Computer sind Annas große Leidenschaft. Zusammen mit sechs anderen Administratoren (kurz: Admins) betreut sie das Netzwerk ihrer Schule. Einer von ihnen ist Felix. Ein Freund. Doch dann fliegen die Fetzen: Anna entdeckt Frames auf ihrer Schulradio-Seite. Das war so nicht verabredet …

——- Original Message ——-
From: »Anna Uhl« <auhl@aol.com>
To: »Felix Weninger« <feo@aol.com>
Sent: Tuesday, January 22, 2002 8:15 PM

Hallo?
Irgendwie hab ich langsam das Gefühl, kaum ist man für einen Tag weg, werden einfach Dinge über den Kopf hinweg beschlossen. ICH HABE DOCH WOHL AUSDRÜCKLICH GESAGT, DASS ICH KEINE FRAMES AUF DER SCHULRADIOSEITE HABEN WILL!!!!!
VERDAMMT NOCH MAL! Was soll der Scheiß? Bin ich euer Hampelmann oder wie?
Ich glaube, ihr habt da ein paar falsche Vorstellungen:
WENN ICH EINE SEITE BAUE, DIE EUCH IM GRUNDE EINEN FEUCHTEN KEHRICHT ANGEHT, WIRD DARAN NIX, ABER AUCH GAR NIX VERÄNDERT, OHNE DASS ICH GEFRAGT WERDE!!!!
Und mich mit einem Shellscript zu erpressen ist ja wohl das Allerletzte! Bis morgen ist die alte Seite wieder da!
Anna

——- Original Message ——-
From: »Felix Weninger« <feo@aol.com>
To: »Anna Uhl« <auhl@aol.com>
Sent: Wednesday, January 23, 2002 1:08 AM

Hi Anna,
1. Das mit dem Shellscript war ned wirklich ernst gemeint.
2. Bezüglich des Punktes »Die SR-Homepage geht uns einen feuchten Kehricht an«: Das ist nicht die Schulradio-Homepage, sondern ein Bereich der Homepage der Schule, wobei letztere nicht von dir, sondern von uns designt wird. Deshalb mussen wir auf ein konsistentes Layout achten.

Im Übrigen würde ich mir statt eines derartigen Kleinkrieges lieber etwas Inhalt auf der Schulradiopage wünschen.
cu Feo

——- Original Message ——-
From: »Anna Uhl« <auhl@aol.com>
To: »Felix Weninger« <feo@aol.com>
Sent: Wednesday, January 23, 2002 1:29 PM

Ich bin STOCKSAUER, und das werde ich auch bleiben. Eure Aktion ist und bleibt eine Unverschämtheit sondergleichen! Ich hab die Schnauze voll, dass gewisse Personen meinen, es sei ja nicht so wichtig, mich in irgendeiner Weise zu informieren. Das Schulradio steht unter meiner Leitung und damit kann ich auch bestimmen, wie das Design der Seite aussieht.
Um den Inhalt kümmere ich mich.
Anna

PS: Was mich mal interessieren würde: Was würdest du machen, wenn ich das Menü in Tables umwandeln würde und dir dann nur hinterher eine Mail schicken würde – so und so, diese Vorteile, damit basta, keine Widerrede. Gerade du, der sich immer dermaßen aufregt, wenn über seinen Kopf hinweg entschieden wird. Denk mal darüber nach!

——- Original Message ——-
From: »Felix Weninger« <feo@aol.com>
To: »Anna Uhl« <auhl@aol.com>
Sent: Thursday, January 24, 2002 1:44 AM

Hi Anna,
Mensch, es ist doch eine Homepage und nicht dein Leben, und es geht nicht um deine Person, sondern um eine technische Frage. Also, in diesem Punkt würde ich wohl anders reagieren. Man wirft mir gerne vor, dass mein Leben vom PC bestimmt wäre, aber ich schmeiß das Ding lieber aus dem Fenster, als dass ich mich derart fertig mache vor lauter Aufregung.
Tut mir Leid, dass ich so scharf reagiert habe.
Jeder ärgert sich, wenn über seinen Kopf hinweg entschieden wird.
cu Feo

——- Original Message ——-
From: »Anna Uhl« <auhl@aol.com>
To: »Felix Weninger« <feo@aol.com>
Sent: Thursday, January 24, 2002 9:05 AM

Hi Feo,
mir geht's doch gar nicht mal so sehr um die Homepage. Aber dass die ALTERNATIVE Version einfach als Standard festgelegt und mir auch noch mit einem Shellscript gedroht wird, so nach dem Motto: Jetzt ist die dumme Kuh ja weg, jetzt ist es ja scheiß wurscht ... das finde ich voll daneben. Nur weil ich vielleicht manche Details noch nicht weiß, heißt das doch noch lange nicht, dass ich GAR nichts weiß. Und schon gar nicht, weil ich ein MÄDCHEN bin!
Ich hab langsam die Schnauze so voll, dass ich mir überlege einfach bei den Admins auszusteigen. Vielleicht werden dann meine Schulnoten endlich wieder besser. Mein Zeugnis ist wirklich beschissen (Griechisch 2 Noten runter, Latein 1 runter). Und ihr habt eure Ruhe.
Ich weiß, dass ich nicht immer leicht bin. Aber überlegt euch mal, ob meine Reaktionen nicht auch daher rühren, dass ich keinen anderen Weg mehr sehe, mich zu wehren.
Alles Liebe
Anna

——- Original Message ——-
From: »Felix Weninger« <feo@aol.com>
To: »Anna Uhl« <auhl@aol.com>
Sent: Friday, January 25, 2002 4:24 PM

Hi Anna,
OK, ich sehe ein, dass das etwas herablassend gewirkt hat, dass wir unsere Seite als Standard definiert haben. Mei, jeder hat seine Fehler, einer von meinen ist, dass ich manchmal etwas von mir eingenommen bin. ☹

Streiten? Wenn, dann richtig

Psychologen sprechen von »Konfliktmanagement«. Man kann es aber auch einfacher ausdrücken: Schadensbegrenzung. Nur, wie erreicht man die bei einem Streit unter Freunden? Die Diplompsychologin Dr. Ann Elisabeth Auhagen hat eine Liste zusammengestellt.

1) Wie immer gilt die goldene Freundschaftsregel: Behandle deinen Freund so, wie du selbst behandelt werden möchtest. Überlege, was du sagst – keine Schläge unter die Gürtellinie!

2) Tief durchatmen. Versuch nach der ersten Wut dich in die Lage des anderen zu versetzen – meistens hat nämlich jeder ein bisschen Recht.

3) Für Fortgeschrittene: Versuch auch im Streit in dem anderen einen liebenswerten Menschen zu sehen.

4) Tu nichts, was die Freundschaft total beendet. Die Prämisse sollte immer sein: »Wir wollen Freunde bleiben.«

5) Wenn man das Gefühl hat, einen Fehler gemacht zu haben: sich entschuldigen!

6) Mögliche Lösung in einem Konflikt: die Meinungen nebeneinander stehen lassen und sich sagen: »Unsere Freundschaft hält die Meinungsverschiedenheit aus.«
Auch gut: Kompromisse finden.

7) Für den konkreten Fall: Sucht eine Regelung – zum Beispiel bei Unpünktlichkeit ein Wartelimit festsetzen.

8) Wenn ihr euch nicht versöhnt: Klär in Ruhe und allein deine Gefühlslage und die Gefühlslage des anderen. Oder: Schlaf eine Nacht darüber – oft hat sich die Situation dann entspannt und ihr könnt den Konflikt neu angehen.

9) Eine gute Einleitung für eine Versöhnung ist der Satz: »Bist du noch böse?« Falls der andere »Ja!« brüllt, lass ihn in Ruhe! Er wird sich schon wieder einkriegen.

10) Am besten ist es natürlich, wenn beide irgendwann sagen können: »Vergeben und vergessen.«

Und anschließend verleiht ihr euch gegenseitig die goldene Konfliktmanagement-Medaille!

Wer behauptet, dass du »gar nichts« weißt? Jeder kennt sich mit manchen Sachen aus, mit manchen nicht. Und ich würd mich auch nicht grad als »den« Profi bezeichnen. Man kann ja das WISSEN auch nicht nur auf den COMPUTERbereich beschränken ... Wir sind ja keine Arbeitskollegen, sondern eher ein Team von befreundeten Computer-»Freaks«, oder etwa nicht?!
Ich muss sagen, dass ich langsam einsehe, dass die Unverschämtheiten auf unserer Seite angefangen haben und dass die Aktion am Dienstag bei dir das Fass zum Überlaufen gebracht hat.
Ich bin auch recht schwer (in mehrfachem Sinne). ☹
Schöne Ferien noch
Feo

——- Original Message ——-
From: »Anna Uhl« <auhl@aol.com>
To: »Felix Weninger« <feo@aol.com>
Sent: Friday, January 25, 2002 5:49 PM

Hi Feo,
Ich dachte auch mal, dass wir Freunde wären. Aber gerade unter Freunden spricht man sich ab und handelt nicht gegeneinander.
Es ist auf Dauer so was von ermüdend, sich immer verteidigen zu müssen. Immer blöde Sprüche hören zu müssen. Irgendwann nimmt man solche Kommentare einfach persönlich. Ich hab das Gefühl, dass alle mich als kleine Deppin abstempeln, der man eh nicht zuhören muss. Ich bin inzwischen einfach nur noch deprimiert.

Danke, dir auch schöne Ferien!
Alles Liebe
Anna

——- Original Message ——-
From: »Felix Weninger« <feo@aol.com>
To: »Anna Uhl« <auhl@aol.com>
Sent: Friday, January 25, 2002 6:40 PM

Hi Anna!
Dass wir dir »nie« zustimmen, halte ich jetzt persönlich für eine Übertreibung, aber ich kann das vielleicht nicht so beurteilen. Aber letztlich machen wir das ganze Zeugs im Computerraum doch eigentlich nicht zum Selbstzweck, sondern für die Schüler.
Noch mal zu dem Schulproblem: Ich kann ja meine Mutter fragen, ob sie dir mal in Griechisch helfen will (ist Griechischlehrerin). Die hat zurzeit eh zu viel Zeit. ☺

Schöne Ferien und viel Spaß noch
cu Feo

—
Keep Cool, but Don't Freeze – Hellman's Mayonnaise

Ex und hops

Letzten Sommer haben wir uns abends bei der Vroni getroffen und wussten nicht recht, was wir außer dem obligatorischen Biergartenbesuch sonst noch machen könnten. Weil Vronis Geburtstag noch nicht allzu lange zurücklag und noch diverse Getränkereste in der Bar standen, haben wir kurzerhand das »Saufspiel« erfunden. Spielutensilien und Regeln sind schnell erklärt: Man nehme je eine halbe Flasche Erdbeerlimes, Bacardi und Wodka sowie ein stinknormales Feuerzeug und gehe damit in den Garten. Eine stellt sich dann mit dem Rücken zur restlichen Gruppe und wirft das Feuerzeug nach hinten. Diejenige, die es fängt, wird zum neuen Werfer; die anderen müssen entweder ein Glas exen oder ein Kleidungsstück ausziehen. Anfangs hatten wir natürlich noch gewisse Hemmungen, uns auszuziehen, aber als wir – zwangsweise – das eine oder andere Glas gekippt hatten ... Na ja, kurz gesagt, so gegen elf Uhr nachts hopsten und tanzten wir alle in Unterwäsche über den Rasen. Total köstlich! Und total peinlich! Am nächsten Morgen haben wir uns dann wieder mal gefragt, wieso wir eigentlich immer auf so einen Mist kommen. Aber so ist das eben bei uns: Wenn wir uns nichts Festes vorgenommen haben, fällt uns garantiert irgendein Blödsinn ein, den wir nie im Leben mit irgendwelchen anderen Leuten machen würden. Und meistens ist das viel lustiger, als wenn wir planen würden zusammen ins Kino zu gehen oder so. So ein Saufspiel verbindet nämlich wirklich!

Ursula, Melanie, Veronika, Nina, 17 & Nina, 18

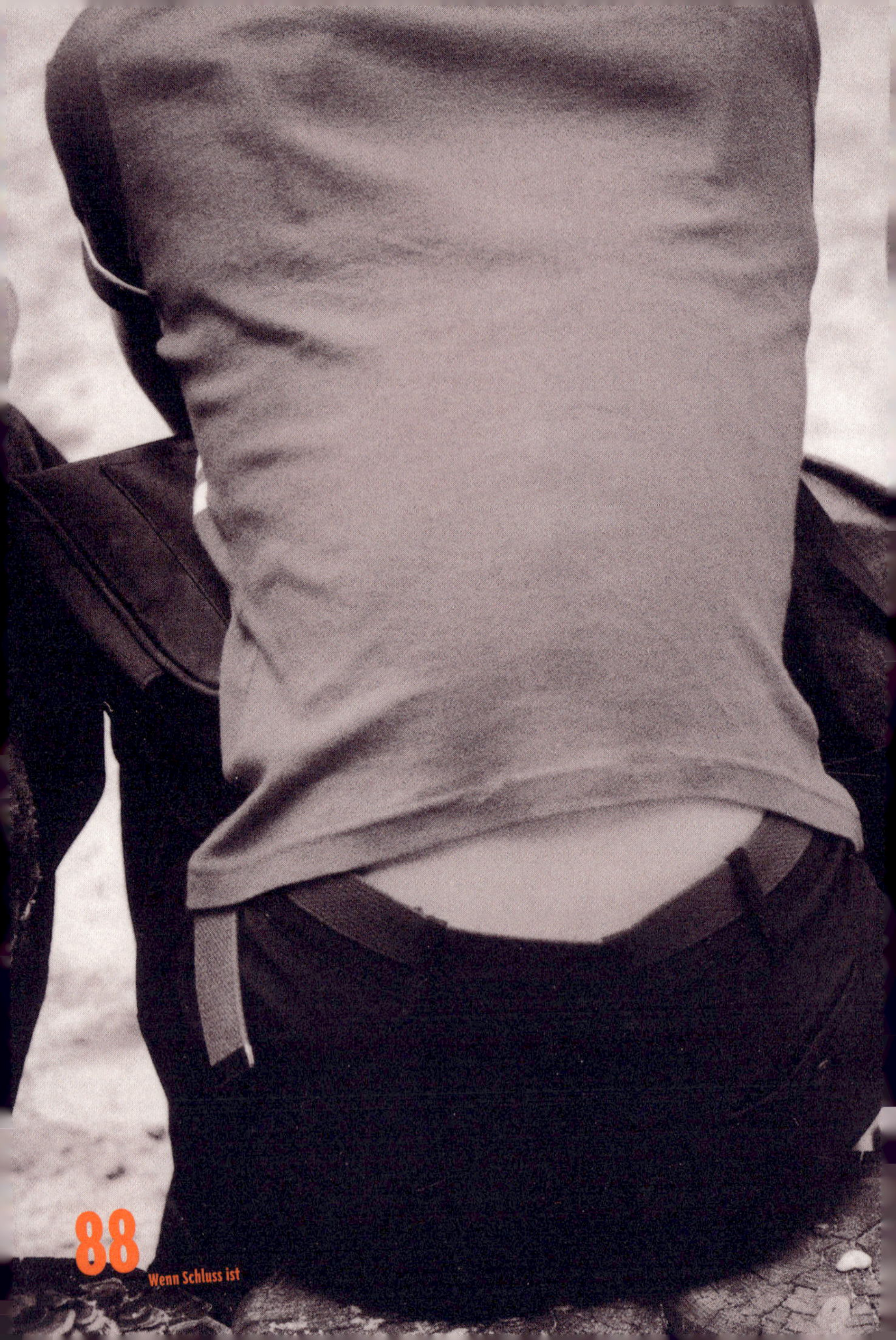

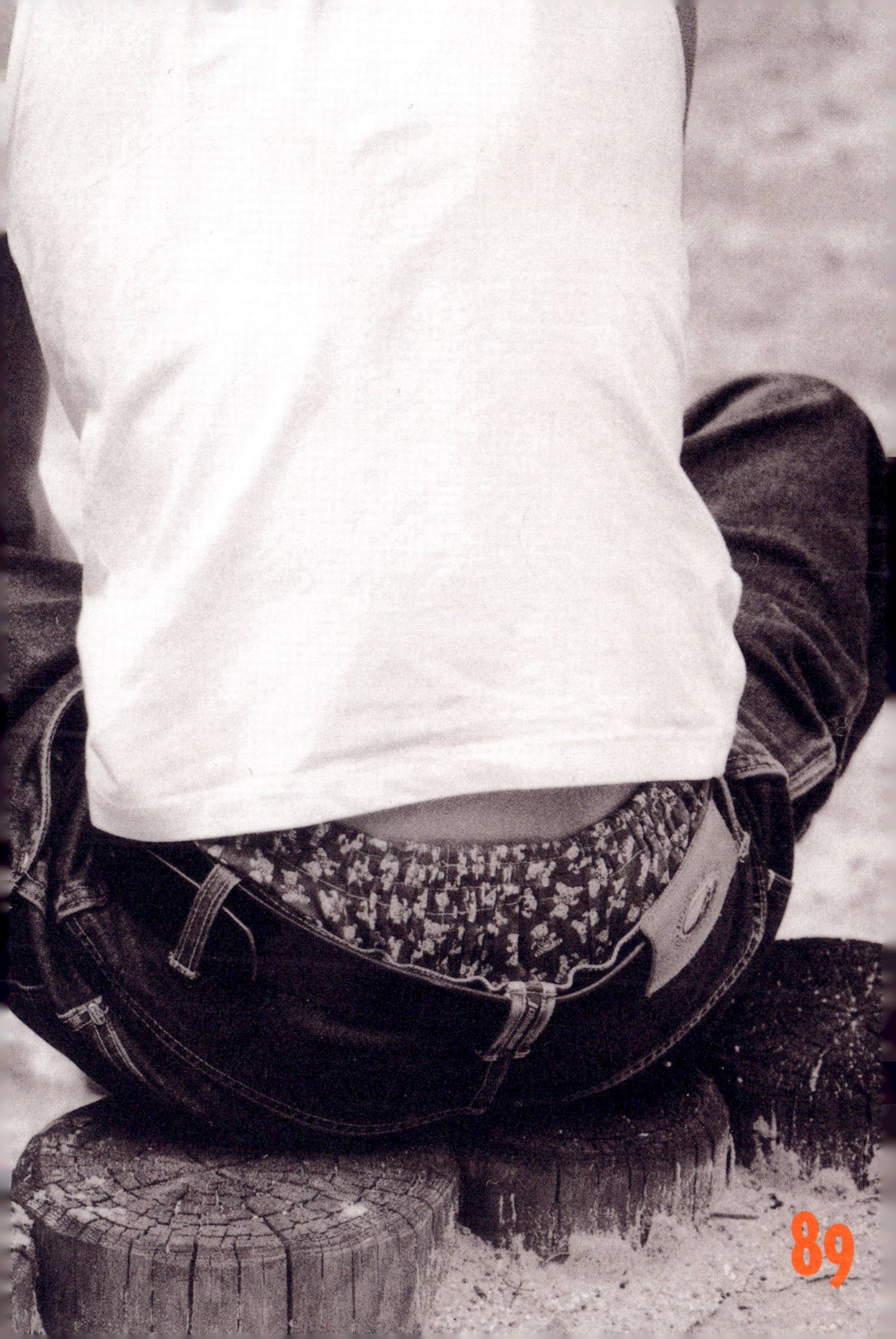

Wenn Schluss ist

Vom Ende einer Freundschaft

»Auch wenn Schluss ist, sollte man versuchen den anderen in guter Erinnerung zu behalten.« **Tanja, 19**

Wenn von Schlussmachen die Rede ist, denkt jeder an die Liebe. Doch auch Freundschaft kann endlich sein. Ihr habt euch auseinander entwickelt, interessiert euch nicht mehr dafür, was der andere zu erzählen hat, überhaupt sind eure Vorstellungen vom Leben plötzlich ziemlich verschieden und vielleicht habt ihr euch auch zu oft verletzt. Das große Gefühl – es war einmal.

Meistens verläuft die Freundschaft dann im Sande: Aus dem besten Freund wird ein Freund, aus dem Freund wird ein Bekannter und aus dem Bekannten einer, den du mal kanntest. Eine andere Möglichkeit ist: Man sagt sich, dass es vorbei ist, so offen und ehrlich, wie man früher auch miteinander geredet hat. Nur dass es dieses Mal das letzte Mal ist.

Freundschaft ist etwas Gemeinsames und deshalb sollte sie auch gemeinsam zu Ende gebracht werden. Das gilt auch, wenn nur einer von beiden die Freundschaft beenden will. Zu hoffen, dass der andere es schon irgendwie von alleine

merkt, hilft weder demjenigen, der verlässt, noch demjenigen, der verlassen wird.
Ein ehrliches Ich-will-nicht-mehr-dein-Freund-sein zeugt von Respekt und manchmal ist es die einzige Chance, sich vor Verletzungen in Sicherheit zu bringen. Außerdem kann man sich nur von etwas verabschieden, von dem man sicher weiß, dass es zu Ende ist.

»Tina und ich kennen uns seit der ersten Klasse und eigentlich war das am Anfang mehr so eine ›Nebenbei-Freundschaft‹: Wir haben uns nett gefunden, aber nur das Nötigste miteinander geredet. Ab der dritten Klasse waren wir richtig befreundet. Wir haben uns getroffen, miteinander gespielt, übernachtet und uns gegenseitig zum Geburtstag eingeladen. Da waren wir uns noch ziemlich ähnlich. Erst mal vom Aussehen her: Sie hatte lange Haare, ich hatte lange Haare, ich war nur ein paar Zentimeter

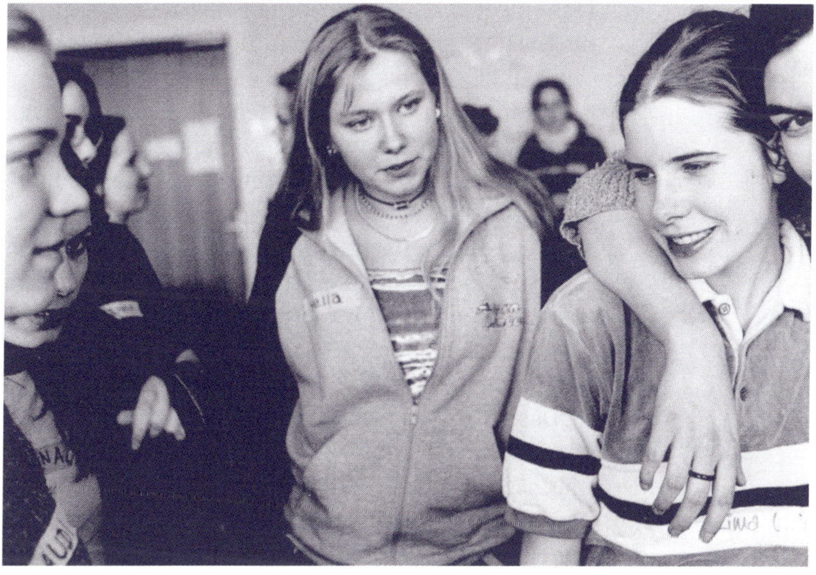

größer als sie, wir waren beide sehr blass. Aber auch sonst: Sie konnte schön malen, so wie ich, und beide waren wir eher schüchtern. Klar haben wir uns da auch schon manchmal in die Wolle gekriegt, aber das waren eher kleine Streitchen, weil wir uns beim Spielen nicht einigen konnten oder so.

Aber dann hat sie immer mehr versucht mich zu beherrschen – und ich sollte mich dauernd unterordnen. Sie hat angefangen Freunde zusammenzuraffen, hat so 'ne richtige Truppe gebildet, bei der sie natürlich die Chefin war. Mit mir wollte sie immer weniger zu tun haben. Das fand ich ehrlich gesagt ziemlich scheiße.

Ich wollte unsere Freundschaft noch aufpäppeln, aber das ging schon nicht mehr. Da bin ich immer weiter von Tina abgerückt und habe sie sozusagen beobachtet: wie sie im Unterricht Lobe einkassiert, wie sie mit ihren Mädchen hinter sich herumstolziert und andere ärgert. Nie, wenn sie alleine war, sondern nur mit Rückendeckung. Und natürlich erst recht nicht, wenn Erwachsene in der Nähe waren. Da hat sie Theater gespielt, war das kleine, liebe Mädchen. Oder sie hat das Ganze auf jemand anderen abgeschoben.

Diese vielen, vielen kleinen Gemeinheiten haben mich wahnsinnig gestresst. Inzwischen stand ich nämlich auch in den Pausen ganz alleine rum, weil die anderen mitgekriegt hatten, dass ihre Chefin mich nicht mehr mag, und sie darin gleich prächtig unterstützt haben. Lauter so meinungslose Menschen, die sich überall anschließen und alles mitmachen, nur um ja nirgends anzuecken, um irgendwo dazuzugehören. Und Tina hat jede Gelegenheit genutzt, um mir zu zeigen, dass alle anderen ihr lieber sind als ich. Das hat mich schon sehr verletzt.

Irgendwann bin ich dann zu dem Schluss gekommen: So, jetzt muss ich die Klasse wechseln, das halte ich nicht mehr aus. Ich wollte der Tina aber unbedingt noch sagen, dass ich nicht mehr ihre Freundin sein will. Aber dazu hätte ich

stundenlang mit ihr reden müssen und darauf hatte ich überhaupt keine Lust. Darum habe ich ihr diesen Brief geschrieben. Danach habe ich mich viel leichter gefühlt – dass ich sie endlich los bin und sie weiß: Ich will nichts mehr mit ihr zu tun haben! Die hat mich dann auch total in Ruhe gelassen.
Heute bin ich in einer anderen Klasse, die ist einfach super. Das tut mir so gut. Aber weil die Klassenzimmer nebeneinander liegen, sehen Tina und ich uns noch ziemlich oft. Dann ignoriere ich sie und sie ignoriert mich. Wir schauen aneinander vorbei.« **Theresa, 13**

Hallo, Tina,

ich schreibe dir, weil ich das für die beste Möglichkeit halte, dir meine Meinung über dich zu sagen und damit auch etwas klarzustellen.
Auch ich sitze längst nicht mehr gerne neben dir – ich kann dir sogar sagen, oder besser schreiben, da sitze ich lieber noch alleine und bei der nächsten Gelegenheit werde ich schauen, dass ich wegkomme. Weißt du, Tina, ich hab dich schon lange durchschaut, du bist nur mutig, wenn du dein Gefolge hast (damit meine ich die Mädchen, die du hinter dir brauchst), und dann kannst du dir auch deine netten »Späßchen« gegen die Außenseiter erlauben. Dein Gefolge ist zu vielem gut – wenn du Bestätigung brauchst, kriegst du die auch immer prompt; wenn du mal ein paar Lacher brauchst (ob deine Bemerkungen lustig oder fies sind), hast du die auch. Praktisch – wirklich! Ich schreibe das neidlos – glaube mir.
Nun, Tina, ich biete dir jetzt eine Sache an: Mit mir und dir – »der Kas is bissen«. Wir werden uns nie wieder mögen und das braucht's auch gar nicht. Aber lass dir sagen, wenn du deine Tour nicht am eigenen Leib spüren magst, dann lass mich da besser raus. Denn ich habe ebenfalls Freunde und könnte mich auch »gruppieren« …

Glaub mir, ich lass mich von dir nicht fertig machen – klaro?
Mach dir nicht die Mühe, zu antworten, ich leg da überhaupt keinen Wert drauf.
Theresa

PS: Und deine so schüchterne »Klein-Mädchen-Masche«, wenn dann ein Erwachsener dabei ist – kotz, würg! Wie wär's mit der Theatergruppe?

Sich trennen – ja oder nein?
Eine Checkliste

Wenn du die Freundschaft beenden willst, frag dich vorher:

- Geht eure gute Freundschaft nur wegen eines Missverständnisses kaputt, das sich eigentlich klären ließe?
- Sind Rachegefühle im Spiel?
- Ist deine Eitelkeit verletzt?
- Will deine Freundin nicht mehr so wie du?
- Bist du auf deinen Freund eifersüchtig?
- Hast du das Interesse verloren, weil sie oder er nicht den Ansprüchen deiner neuen Freunde genügt?
- Bist du neidisch auf ihren/seinen Erfolg?
- Kannst du die Freundschaft mit einem offenen Wort beenden oder würdest du dich am liebsten klammheimlich aus der Affäre ziehen, um besser dazustehen?

Wenn davon etwas zutrifft, solltest du deinen Entschluss noch mal überprüfen. Denn manchmal ist es einfacher, für eigene Probleme andere – auch beste Freunde – verantwortlich zu machen und eine Freundschaft zu beenden, als sich selbst zu ändern.

Gute Gründe, den Kontakt abzubrechen, hast du dagegen,

- wenn ihr euch beim besten Willen nichts mehr zu sagen habt.
- wenn du nur noch aus Mitleid Kontakt hältst.
- wenn euch nur noch dein schlechtes Gewissen verbindet.
- wenn du merkst, dass du dich überhaupt nicht mehr auf den anderen verlassen kannst.
- wenn Freunde dich ständig runtermachen.
- wenn du nur gemocht wirst, weil du funktionierst.
- wenn Freunde dich ausnutzen.
- wenn deine Freunde dich bei und vor anderen schlecht machen.
- wenn deine Freunde deine Überzeugungen missachten, deine Werte verletzen und eure Freundschaft für dich Selbstverrat wäre.
- wenn etwas von dir verlangt wird, das dir schadet.
- wenn deine Freunde dich in Gefahr bringen: zum Beispiel riskante Mutproben als Freundschaftsbeweise fordern, dich zu kriminellen Handlungen anstiften wollen, zu Alkohol, Drogen ...

Spätestens das hat mit Freundschaft nichts mehr zu tun. Beende sie. Am besten so ehrlich, wie du kannst, aber ohne dem anderen Ratschläge zu erteilen oder Fehler aufs Butterbrot zu schmieren. Das Wichtige an einem Schlusswort ist nämlich nicht so sehr deine Meinung über deine Fast-schon-Ex-Freunde, sondern deine bewusste Abgrenzung: Wer gute Gründe hat und die klar sagt, muss sich nicht hinterher vorwerfen die Freundschaft vorschnell abgeschrieben oder selbst klein beigegeben zu haben. Du gehst zwar nicht als Sieger hervor – meistens gibt es in solchen Fällen nämlich nur Verlierer –, aber unterm Strich bleibt bei aller Wut, Enttäuschung, Trauer ein Gefühl von Befreiung und Stärke.

»Ich steh nicht auf totale Übereinstimmung«

Ein Interview mit Kinostar Julia Hummer

Die Außenseiterrolle als Traumrolle? Für die 21-jährige Schauspielerin Julia Hummer war es so. Ihr hat die Figur des einsamen Mädchens Jeanne in dem Film Die innere Sicherheit *zum endgültigen Durchbruch verholfen. Und wie sieht's in Wirklichkeit aus? Ein Gespräch über echte, unechte und falsche Freunde.*

dtv: Fangen wir vorne an. Dein erster Freund, deine erste Freundin. Weißt du, was aus ihm oder ihr geworden ist?
Julia Hummer: Er hat sich aufgelöst.
dtv: Aufgelöst?!
Julia Hummer: Das war ein imaginärer Freund, den ich mir ausgedacht hatte, weil meine Geschwister so viel älter waren als ich. Wir haben Fangen gespielt, Fußball, Playmobil, Schwertkämpfe – eigentlich alles. Als nebenan dann ein Mädchen in meinem Alter eingezogen ist, war er auf einmal weg. Puff. Dieses Mädchen wurde dann meine erste echte Freundin. Verena hieß sie, und wenn ich mich

richtig erinnere, hatten wir überhaupt nichts gemeinsam, außer, dass wir ohne Ende Nutella-Toast gegessen haben. Immer nur Nutella-Toast.

dtv: Vermutlich würde dir das heute nicht mehr reichen.

Julia Hummer: Nö, aber ich steh auch nicht auf totale Übereinstimmung. Meine beste Freundin zum Beispiel macht ganz anderen Kram als ich: Sie arbeitet bei den Jusos, wird Europasekretärin und war mit dreizehn *Take That*-Fan. Ich fand damals Kurt Cobain toll, mache heute Musik und schauspielere. Lauter so waberiges Zeugs halt, ohne Auftragsgarantie und gesicherte Rente. Trotzdem finden wir uns klasse, und wenn ich in Hamburg bin zum Musik-Aufnehmen oder weil in irgendeinem Kino ein Zuschauergespräch stattfindet, ist klar, dass wir uns treffen.

dtv: Bringst du ihr dann eine Autogrammkarte von deinem neusten Filmpartner mit?

Julia Hummer: Das wär's noch. Sie sagt höchstens mal: »Ich habe dich übrigens neulich im Fernsehen gesehen, hast ja die Goldene Kamera gewonnen.« Dann antworte ich: »Jaja.« Und danach reden wir über was anderes und spätestens nach einer halben Stunde ist alles wie früher. Sie sieht ja auch, dass es nichts bedeutet, einen Film zu machen. Denn wenn es was bedeuten würde, wäre ich jetzt weise.

dtv: Trotzdem gibt es bestimmt viele Leute, die liebend gern mit einem Kinostar befreundet wären, und wenn es nur ist, um sagen zu können: »Übrigens, die Frau auf dem Plakat da, die ist meine Freundin!«

Julia Hummer: Diese nervigen »Ey, ich kenne dich doch noch von früher«-Nummern und »Komm doch mal vorbei«-Anrufe kriegst du natürlich, wenn du berühmt bist. Aber so blöd bin ich nicht. Ich habe so viele Sachen zu tun, da brauche ich nicht noch falsche Freunde.

dtv: Was erwartest du von guten Freunden?

Julia Hummer: Respekt auf jeden Fall. Voreinander und vor den Dingen, die man tut. Treue finde ich auch wichtig, also dass du zu dem anderen hältst. Genauso wichtig ist es, dem anderen Freiheiten zu lassen. Und du musst mit Freunden reden können. Sonst bleibst du in deiner eigenen Welt stecken und kommst nicht weiter. Du lernst ja auch von deinen Freunden.

dtv: Was haben deine Freunde dir beigebracht?

Julia Hummer: Dass es schön ist, auch mal wichtige Dinge sein zu lassen, um für jemand anderen da zu sein. Einen Freund zu haben heißt ja, man ist nicht alleine. Und wenn man nicht alleine ist, kommt immer mal ein Anruf: »Hey, ich brauche dich«, und einem Freund gegenüber kannst du's nicht bringen zu sagen: »Ich brauch dich jetzt aber nicht, weil: Ich sitze gerade am Küchentisch und spiele Gitarre.« Das ist – glaube ich – das, was ich am meisten lernen musste: Zeit zu haben. Ich arbeite nämlich furchtbar gern und viel. Aber wenn man sich nicht ab und zu Zeit nimmt, steht man irgendwann ganz alleine da. Das ist genauso wie in einer Liebesbeziehung.

dtv: Deine große Liebe war ursprünglich mal dein bester Freund?

Julia Hummer: Ja, aber nur ein halbes Jahr lang. Als besten Freund fand ich ihn einfach nur cool. Dann fand ich ihn plötzlich »Wahnsinn« und irgendwann war uns beiden klar: »Das ist es jetzt voll.« Also haben wir gesagt: »Okay, hier bin ich.« Wir hätten es natürlich auch lassen können, aber ich bin froh, dass wir es nicht getan haben.

dtv: Dafür hast du jetzt keinen besten Freund mehr.

Julia Hummer: Damit kann ich leben. Und wenn nicht, denke ich mir einfach wieder einen aus!

Blick zurück

Freundschaft, die Geschichte macht

Es gibt Dinge, die sind so sensationell, dass man sie nur zustande bringt, wenn man befreundet ist: die Weltordnung neu schreiben, die Sprache sprengen, Gipfel stürmen, Atomkerne spalten zum Beispiel. Berühmte Freundschaften – ohne sie sähe die Welt heute anders aus.

Goethe und Schiller

Goethe und Schiller, einst heftige Konkurrenten, schrieben sich lange Briefe über ihre Kunst, schlugen sich diskutierend, kritisierend und einander verstehend die Nächte um die Ohren. Sie feuerten sich an bei ihren geistigen Höhenflügen und förderten gegenseitig die Werke des anderen, um sich schließlich in Weimar ein wortgewaltiges Denkmal zu setzen: Die *Horen*, die *Xenien*, die *Balladen*, die heftig beklatschten Erfolge am Weimarer Hoftheater sind Früchte dieser bedeutenden Freundschaft zweier ganz Großer ihrer Zeit; vielleicht der berühmtesten deutschen Dichterfreundschaft überhaupt. Das »Wahre, Gute, Schöne«, auf dem sie ihre klassische Kunsttheorie aufbauten, war genauso Basis ihrer Freundschaft. Und als Schiller 1805 stirbt, bleibt Goethe verwaist zurück: «Ich dachte mich selbst zu verlieren«, schrieb er, »und verliere nun einen Freund und in demselben die Hälfte meines Daseins.«

Friedrich Engels und Karl Marx

Seit ihrer ersten Begegnung 1844 in Paris sind Friedrich Engels und Karl Marx Freunde. Zusammen verfassen sie das *Kommunistische Manifest*, eine neue Gesellschafts- und Wirtschaftstheorie, die das bisherige bürgerliche System von Herrschaft und Macht, von Produktion, Profit und Ausbeutung auf den Kopf stellt. Ihre Lehre, heute *Marxismus* genannt, bezeichnen sie als *wissenschaftlichen Sozialismus*. Sie ist Theorie und Praxis. Wissenschaft und Anleitung zum politischen Klassenkampf: über die proletarische Revolution zu einer sozialistischen Gesellschaftsordnung. Vom Kapitalismus zum Kommunismus. Aus Frankreich, aus Belgien, aus Preußen ausgewiesen, geht Marx schließlich nach London. Auch finanziell unterstützt von Engels macht er sich dort an sein Lebenswerk: *Das Kapital*. Von dem gibt Engels, der Marx um 13 Jahre überlebt, Teil II und III heraus. In 39 Bänden sind die gemeinsamen Arbeiten nachzulesen. Aufgeschrieben von zwei Freunden, die die Welt nicht nur interpretieren, sondern verändern wollten. Und verändert haben.

Der Blaue Reiter

Eine Künstlergemeinschaft in und um München zu Beginn des 20. Jahrhunderts. Eine Gruppe junger Wilder, wie die braven Bayern naserümpfend granteln, die die Kunst revolutionieren. Franz Marc und Wassily Kandinsky, mit ihnen: Heinrich Campendonk, Alexej von Jawlensky, Paul Klee, August Macke, Gabriele Münter, Marianne von Werefkin und andere. Auf blauen Pferden, gelben Kühen, violetten Eseln galoppieren die *Blauen Reiter* durch eine neue Weltanschauung einer modernen Kunst entgegen: Vom Ab-Bild zur abstrakten Malerei. Von der äußeren Betrachtung zum inneren Schauen, mit allen Sinnen. Auf der Leinwand: Licht, Schatten, Bewegung, Begrenzung, Form und ganz viel Farbe. Die malerische Freundschaft, die Kunstgeschichte geschrieben hat, fällt im Ersten Weltkrieg. Ihre Werke sind bis heute weltberühmt.

Adrienne Monnier und Sylvia Beach

Eigentlich waren sie alle miteinander befreundet, die Frauen, die in den wilden zwanziger Jahren am linken Ufer der Seine lebten. Am engsten aber war die Freundschaft zwischen der Französin Adrienne Monnier und der Amerikanerin Sylvia Beach. Dabei hätten gerade sie allen Grund gehabt, sich aus dem Weg zu gehen, denn beide besaßen in der Rue de l'Odéon eine Buchhandlung: Adrienne das *La Maison des Amis des Livres* und Sylvia *Shakespeare and Company*. Aber wie das so ist: Sie sahen sich, verquatschten sich und machten von da an gemeinsame Sache. Nicht lange und die »schwesterlichen Buchhandlungen« waren Kult. André Gide, Paul Valéry, Gertrude Stein, Colette, Ernest Hemingway, Jean Cocteau, Guillaume Appollinaire – kaum ein bedeutender Schriftsteller, der nicht bei Adrienne und Sylvia vorbeischaute. Auch James Joyce gehörte dazu, dessen Roman *Ulysses* die beiden Freundinnen 1922 herausgaben. Ein Projekt, das sie fast in den finanziellen Ruin trieb. Die Freundschaft hielt trotzdem. Und als sich die unheilbar kranke Adrienne 1955 das Leben nimmt, schreibt Sylvia: »Manchmal wünscht man sich, man wäre mit ihr gegangen, wie sie es vorgeschlagen hatte – sie wusste, wie das Leben ohne sie sein würde. Sie wusste alles – Adrienne.«

Die Weiße Rose

Im finstersten Kapitel deutscher Geschichte ist die Weiße Rose viel mehr als ein Symbol für Hoffnung, Gewissen und Menschlichkeit. Zusammen mit anderen leisten die Geschwister Hans und Sophie Scholl und ihre Freunde

Christoph Probst, Alexander Schmorell, Willi Graf, Traute Lafrenz aktiv Widerstand gegen das nationalsozialistische Regime. Wo die Mehrheit schweigt, verteilen sie Flugblätter und malen mit Riesenlettern FREIHEIT an die Wand. Weil sie für eine andere, eine bessere Welt einstehen wollen, stehen sie auf. Eine Hand voll Studenten gegen das Tausendjährige Reich. Das System schlägt zurück. Zerschlägt die Weiße Rose. Macht mit den Freunden kurzen Prozess. 1943 werden die Geschwister Scholl, Christoph Probst, Alexander Schmorell, Willi Graf und Professor Kurt Huber zum Tode verurteilt und hingerichtet. Weitere Todesurteile und Gefängnisstrafen folgen. Aber bis heute hat Bestand, was der Vater Scholl seinem Sohn zum Abschied sagt: »Ihr werdet in die Geschichte eingehen, es gibt noch eine Gerechtigkeit.«

Lise Meitner und Otto Hahn

Eigentlich hätte er ihre geniale Freundschaft krönen sollen, der Nobelpreis für Chemie des Jahres 1944. Doch stattdessen wurde er zum Symbol des Scheiterns dieser Freundschaft. Die scharfsinnige Atomphysikerin und der begnadete Chemiker – Schluss, aus, vorbei! Nach 37 Jahren hatte Otto Hahns Ehrgeiz die Freundschaftsgefühle endgültig besiegt. Überraschend kam das nicht. Auch schon vorher hatte der Direktor des Berliner Kaiser-Wilhelm-Instituts ihrer beider Forschungsarbeit gelegentlich als die seine ausgegeben und Lise Meitner in der Öffentlichkeit zur bloßen »Mitarbeiterin« degradiert. Aus »Gedankenlosigkeit«, wie sie lange glaubte: »Er war ja so viel bekannter als ich.« 1944 konnte sich Meitner das Verhalten ihres alten Freundes nicht mehr schönreden. Obwohl er ohne sie nie die Kernspaltung entdeckt hätte, reklamierte Hahn die sensationelle Pioniertat für sich. 1945 nahm er den Nobelpreis dafür entgegen. Lise Meitner, die aufgrund ihrer jüdischen Herkunft seit 1938 in Schweden im Exil lebte und ihm von dort aus den entscheidenden theoretischen Hinweis gegeben hatte, ging leer aus.

Ingeborg Bachmann und Paul Celan

Ein Leben lang – ihr kurzes Leben lang – hat sie danach gesucht: nach einer neuen Sprache. Hat, nach dem Morden des Zweiten Weltkriegs, um Worte gerungen für eine neue Welt. Die Rede ist von Ingeborg Bachmann, einer der bedeutenden deutschsprachigen Schriftstellerinnen des 20. Jahrhunderts. Die Grenzen der Sprache wollte sie überschreiten – und blieb selbst Grenzgängerin. Ihr Wegbegleiter: der Freund und Kollege Paul Celan, der wie sie weiterlebte, indem er weiterschrieb. Bei ihm wurde daraus Lyrik, zunehmend wortkarg bis sprachlos; bei ihr Lyrik, Erzählungen, Hörspiele, Romane – manchmal unbegreiflich, immer ungeheuer. Die Arbeit des anderen haben sie so geschätzt, dass sie sich in ihren Gedichten gegenseitig zitierten, und beide haben, wie Ingeborg Bachmann es in *Wahrlich* formuliert, für ihr Denken und ihr Leben bis an Grenzen »unterschrieben«: Celan, dessen Eltern von den Nazis ermordet worden waren, nimmt sich 1970 das Leben. Ingeborg Bachmann stirbt 1973 unter bis heute ungeklärten Umständen an den Folgen schwerer Verbrennungen.

Monica Jackson, Evelyn Camrass und Elisabeth Stark

Jugal Himal, am Morgen des 9. Mai 1954. Was für ein Glück! Der Himmel ist blau, die Schneefelder glitzern im Sonnenlicht und der namenlose Berg, der vor den drei jungen Frauen emporragt, sieht zum Verlieben schön aus. 6400 Meter ist er hoch. »Okay, Girls«, sagt Evelyn Camrass, »besteigen wir ihn!« Drei Freundinnen, ein Befehl – so war das damals, als die »crazy girls« aus Schottland die bis dahin unbekannte Himalaya-Region erforschten und zwei ihrer Gipfel bezwangen, trotz Magenschmerzen, verbranntem Gesicht und Schwindelattacken. Die Weltpresse war

beeindruckt und auch der legendäre Sir Hillary zollte dem ersten Frauen-Bergsteigerteam Respekt, denn anders, als es bei seiner Mount-Everest-Expedition gewesen war, hatten Monica, Elisabeth und Evelyn die ganzen acht Wochen unverbrüchlich zusammengehalten.
Das änderte sich auch nach ihrer sensationellen Tour nicht. Wann immer eine der drei Hilfe brauchte, waren die anderen zur Stelle. Den namenlosen Berg tauften die Freundinnen übrigens *Ladies' Peak* – Damengipfel. *Friendship Peak* hätte auch gepasst.

Ernesto »Che« Guevara und Fidel Castro

Meist entstehen Freundschaften aus Zuneigung. Fidel Castro und Ernesto »Che« Guevara schweißte der Hass auf einen Dritten zusammen: auf den kubanischen Militär-Diktator Fulgencio Batista y Zaldívar. Zwei Jahre lang dauerte der Partinsanenkrieg gegen dessen grausames Regime, den die beiden Freunde von der unzugänglichen Sierra Maestra aus befehligten. Silvester 1958 gelang den jungen Revolutionären endlich der Sieg: Batista und sein raffgieriger Clan flüchteten ins Ausland; Che und Fidel, längst überzeugte Kommunisten, ergriffen die Macht. Von da an ging es mit ihrer Freundschaft bergab. Immer wieder warf Fidel seinem Freund und Industrieminister vor zu ehrgeizig und zu dogmatisch zu sein. Der rächte sich, indem er öffentlich die mangelnden militärischen Kenntnisse des Ministerpräsidenten beklagte. Am 14. März 1965 setzte Fidel seinen einstigen Freund aus »disziplinarischen Gründen« fest. Kurz darauf verschwand Che Guevara. Am 8. Oktober 1967 wurde er in Bolivien erschossen. Fidel Castro ließ daraufhin die Flaggen in Kuba auf Halbmast hissen – 30 Tage lang.

Freundschaftstabelle: Wer mit wem?

Der kleine Prinz und der Fuchs

Typ: (Inter)galaktische Freundschaft
Besondere Kennzeichen: Der Blick fürs Wesentliche
Mission: Mit dem Herzen sehen!
Das Problem: Viele Menschen sehen nicht mal mit den Augen.
Freundschaftssatz: »Wenn du einen Freund willst, so zähme mich!«
Freundschaftsgeheimnis: Eine Schlange, die einen Elefanten verschluckt hat, ist kein Hut.

Asterix und Obelix

Typ: Dicke Freunde
Besondere Kennzeichen: Gelegentlich kippen sie einen.
Mission: Römer raus!
Das Problem: Die Römer spinnen.
Freundschaftssatz: »Obelix, mein Freund, gehen wir!« – »Nach dir, Asterix!«
Freundschaftsgeheimnis: Gemeinsam sind sie stark!

Max und Moritz

Typ: Die Unausstehlichen
Besondere Kennzeichen: Voll fies
Mission: Schlechte Laune verbreiten
Das Problem: Die anderen sind eh schon schlecht drauf.
Freundschaftssatz: »Dieses war der erste Streich, doch der nächste folgt sogleich!«
Freundschaftsgeheimnis: Zu zweit gegen den Rest der Welt!

Damon und sein Bürge

Typ: Die klassische Für-dich-tu-ich-alles-Freundschaft
Besondere Kennzeichen: Auf Leben und Tod
Mission: Tyrannenmord

Das Problem: Alles hat sich gegen sie verschworen.
Freundschaftssatz: »Und die Treue, sie ist doch kein leerer Wahn.«
Freundschaftsgeheimnis: Unendliches Vertrauen

Thelma und Louise
Typ: Busenfreundinnen
Besondere Kennzeichen: Sie haben nichts mehr zu verlieren.
Mission: Rachegelüste
Das Problem: Haben in diesem Fall die Männer.
Freundschaftssatz: Blicke sagen mehr als Worte.
Freundschaftsgeheimnis: Jeder Schuss ein Treffer.

Anton und der kleine Vampir
Typ: Blutsfreundschaft
Besondere Kennzeichen: Nur Fliegen ist schöner!
Mission: Freiheit für Vampire!
Das Problem: Friedhofswärter Geiermeier
Freundschaftssatz: »Solange du meine Hand hältst, kann dir nichts passieren.«
Freundschaftsgeheimnis: Die totale Beißhemmung

Old Shatterhand und Winnetou
Typ: Freundschaft rot-weiß
Besondere Kennzeichen: Prinzip hugh – Verstehen ohne Worte
Mission: Alle Menschen sollen Brüder werden!
Das Problem: Es gibt auch eine Schwester.
Freundschaftssatz: »Will mein Bruder sich ans Feuer setzen?«
Freundschaftsgeheimnis: So unergründlich wie der Silbersee

Ernie und Bert
Typ: Die Spaßguerilla
Besondere Kennzeichen: Krrrrrrch!
Mission: Ein Witz pro Minute
Das Problem: Einer ist immer der Bert.

Freundschaftssatz: »Du-u-u, Bert …?«
Freundschaftsgeheimnis: Ist noch nicht gelüftet.

Derrick und Harry

Typ: Freundschaft undercover
Besondere Kennzeichen: Sie leiden unter Wiederholungszwang.
Mission: Besser sein als Sherlock Holmes und Watson
Das Problem: Die Kopie ist immer schlechter als das Original.
Freundschaftssatz: »Harry, hol schon mal den Wagen!«
Freundschaftsgeheimnis: Die Ermittlungen laufen noch.

Harry Potter, Ron & Hermine

Typ: Magische Freundschaft
Besondere Kennzeichen: Kein Hokuspokus untereinander
Mission: Kampf gegen den, dessen Name nicht genannt werden darf
Das Problem: »Du-weißt-schon-wer« gibt niemals auf.
Freundschaftssatz: »Es gibt Dinge, die man nicht gemeinsam erleben kann, ohne dass man Freundschaft schließt!«
Freundschaftsgeheimnis: Mut, Grips, Intuition, Überzeugung, Zusammenhalt – immer hoch drei!

Die sieben Zwerge

Typ: Halbstarken-Clique
Besondere Kennzeichen: Kennste einen, kennste alle.
Mission: Mädels abschleppen
Das Problem: Die Prinzen sind schärfer.
Freundschaftssatz: »Wer möchte aus meinem Becherchen bechern?« (Oder so ähnlich)
Freundschaftsgeheimnis: Allein sind sie in den Sieben Bergen verloren.

Volle Pfanne Stress

Phillips Vater rastet gern mal aus und darum halten wir uns eigentlich meistens fern von ihm. Mal Hallo sagen, klar, aber das war's dann auch. Die einzige Ausnahme ist im Sommer: Dann fahren wir mit Phillips Vater (und seiner jeweiligen neuen Freundin) für sechs Wochen nach Griechenland, wo er ein superschönes Grundstück mit zwei Häusern hat. Und ausgerechnet da bricht Phillip und mir vor zwei Jahren eine Bratpfanne durch. Die extra-mega-beschichtete Edelpfanne. Einfach so. Phillip hebt sie vom Herd, es knirscht und kracht und plötzlich hat er nur noch den Stiel in der Hand. Erst haben wir uns natürlich kaum eingekriegt vor Lachen, aber dann wurde uns ziemlich schnell klar: Wenn Phillips Vater und seine Freundin von ihrem Ausflug zurückkommen, gibt es Stress. Und zwar richtig, mit Rumbrüllen, Sachenwerfen und allem Drum und Dran. Denn dass so eine Edelpfanne von allein kaputtgeht, kann ja nicht sein ...

Weil wir darauf keinen Bock hatten, beschlossen wir die Pfanne auf Nimmerwiedersehen verschwinden zu lassen, und zwar in dem hohlen Olivenbaum im Garten. »Und wenn mein Vater fragt, ob wir wissen, wo die Pfanne ist, sagen wir einfach: Nö«, meinte Phillip und grinste. So haben wir es denn auch gemacht: Pfannenteile in den Baum und drei Tage später »Nö« gesagt. Es war wirklich alles total easy – bis zu dem Tag, an dem Phillips Vater seiner Freundin unbedingt zeigen wollte, was er außer Jeepfahren noch alles draufhat. Hohle Olivenbäume fällen zum Beispiel. Mann, was haben wir uns den Mund fusselig gelabert, von wegen: Der hat dich doch die letzten drei Jahre auch nicht gestört; denkt doch mal an die Vögel; der wirft aber so einen tollen Schatten – lauter so Zeug halt. Aber der Mann war nicht zu bremsen. Tja, und dann hat die Motorsäge auf einmal Funken geschlagen ... Seitdem kochen Phillip und ich in Griechenland nur noch in dem alten gusseisernen Topf. Man weiß ja nie. **Orhan, 15**

113

Kichererbse trifft einsamen Wolf

Mädchen- und Jungenfreundschaften

»Mädchen kann man besser vertrauen.« **Martin, 19**

»Jungs kann man besser vertrauen.« **Steffi, 18**

»Freundschaft ist Männersache!«, meinten noch die alten Griechen. Heute gilt: Das weibliche Geschlecht konzentriert sich in Freundschaften mehr aufeinander, das männliche miteinander auf etwas Drittes. Soll heißen: In Mädchen-und-Frauen-Freundschaften geht's vor allem um die Freundinnen selbst, um (ihre) Gefühle, (ihre) Erfahrungen, (ihre) Probleme – bei Jungs und Männern stehen gemeinsame Unternehmungen im Vordergrund. Jungs, fanden Wissenschaftler heraus, streiten auch mit Freunden offensiv – Mädchen fühlen sich sogar von freundschaftlicher Kritik angegriffen, erleben Streit schneller als Freundschaftskrise und Missachtung der eigenen Person. Keine Frage: Die Geschlechterrollen legen wir auch in unseren Freundschaften nicht ab.

SEX

Aktion, Auftreten, Außenwirkung, Angriff bei den Jungs; Einfühlung, Emotion, Harmonie, Rückzug bei den Mädels. Doch wenn sie sich die ideale Freundschaft ausmalen sollen, haben Mädchen und Jungen, Frauen und Männer die gleichen (Wunsch-)Bilder im Kopf: nämlich miteinander jede Menge Spaß zu haben und einander blind vertrauen zu können.

»Mädchen sagen ja immer: ›Jungen sind zurückgeblieben, roh und unsensibel.‹ Tausendmal kriegt man das zu hören. Manchmal stimmt's vielleicht sogar, aber auf Jungenfreundschaften trifft diese Äußerung sicher nicht zu. Betrachten wir doch einfach mal eine Jungenfreundschaft aus der Nähe: Zwei Jungen, die sich schon ewig kennen, treffen sich. Sagen wir, sie treffen sich, nachdem sie sich längere Zeit nicht mehr gesehen haben. Zwei Mädchen würden in dieser Situation mit ausgebreiteten Armen aufeinander zustürmen, links ein Küsschen, rechts ein Küsschen, riesengroßes HALLO! Bei Jungen ist das nicht so. Sie freuen sich zwar auch, doch der Handlungsablauf ist ganz anders. Zuerst tauscht man ein paar Förmlichkeiten aus, bleibt auf Distanz. Vielleicht unterhält man sich über die Schule oder Fußball. Diese Zeremonie *muss* sein, auch wenn sie manchmal zu Tode langweilt. Zum Glück dauert sie nicht lange. Man wirft sich viel sagende Blicke zu, grinst, legt richtig los. Mittlerweile ist man zu einem mehr oder weniger sinnvollen Gespräch übergegangen, dessen Ziel es

> »Für Mädchen und Frauen haben Freundschaften oft einen höheren Stellenwert im Leben, weil Freundschaft ihr Lebensgefühl deutlich verbessert. Je länger eine Freundschaft unter Männern dauert, desto emotional näher wird aber auch sie. Freundschaften zweiten Ranges sind Männerfreundschaften natürlich nicht. Insgesamt kann man sagen, dass gleichgeschlechtliche Freundschaften wichtiger sind und länger halten.« **PD Dr. Ann Elisabeth Auhagen, Diplompsychologin, Freie Universität Berlin**

einfach nur ist, Spaß zu haben, sich auszuleben, man selbst zu sein.
Die meisten Mädchen finden das unglaublich kindisch (wahrscheinlich, weil sie allgemein als früher entwickelt gelten), jedenfalls ziehen sie es vor, sich in tiefsinnige Gespräche zu stürzen oder in einer Tour über Dinge zu kichern, die wir Jungen nicht nachvollziehen können. Und vor allem: Sie sprechen total ungezwungen über ihre Gefühle. Jungen tun das kaum; und wenn überhaupt, dann nur mit wirklich sehr guten Freunden. Das ist nun mal so. Trotzdem sind sie mindestens genauso sensibel wie Mädchen. Sie zeigen es nur nicht in der Öffentlichkeit. Dafür gibt es ja die Freunde. Oft genügen schon kleine Andeutungen und ein Freund weiß Bescheid. Hauptsache, man kann sich entspannen und einander vertrauen.
Manchmal passiert es aber auch, dass Jungen sich ziemlich ratlos gegenüberstehen. Ganz wichtig ist es deshalb, ähnliche Interessen zu haben. Insgesamt sind so enge Freundschaften wie bei Mädchen unter Jungen selten. Doch wenn eine richtige Jungenfreundschaft entsteht, ist sie stärker als vieles andere und kann Jahre überdauern.«
Simon, 15

»Entwicklungspsychologisch begründet, unterscheiden sich Mädchen- und Jungenfreundschaften vor allem in den Themen: Mädchen interessieren sich früher und mehr für Beziehung, Freundschaft, Gefühle, Liebe, Erotik. Jungs sind sehr mit sich selbst beschäftigt, verbringen viel Zeit im Sportverein, sitzen stundenlang vor dem Computer. Ihnen geht es vor allem um Anerkennung und Leistung, um Fragen wie: Wo habe ich Erfolg? Womit kann ich was erreichen? Wie verschaffe ich mir Ansehen?« **Dr. Ekkehard Sander, Jugendforscher, Deutsches Jugendinstitut München**

»Der große Unterschied zwischen Mädchen- und Jungenfreundschaft zeigt sich immer dann, wenn's ums Aussehen geht: Stundenlang zusammen vor dem Spiegel stehen, bergeweise Klamotten an- und ausziehen, sich beraten, was zu einem passt, was der anderen steht, sich über Outfits

kaputtlachen, im Sommerurlaub Bikinis testen, Klamotten tauschen, shoppen – das gibt's nur unter Freund*innen*! Oder kannst du dir vorstellen, dass zwei Jungs vor dem offenen Kleiderschrank stehen, sich durch einen Haufen T-Shirts und Hosen wühlen, bei H & M zusammen die Pullis aus dem Regal ziehen und dann fachmännisch begutachten??!!
Hauptunterschied Nummer zwei: Mädchenfreundschaften und das berühmte Mädchenklo!!! Du bist mit der Gruppe unterwegs, eine sagt: ›Ich muss mal!‹, und alle Mädels kommen mit. Auf dem Klo werden die größten Geheimnisse ausgetauscht und wird schnell mal abgelästert – natürlich am liebsten über die Jungs, die draußen bleiben müssen. Und: Wir Mädchen haben untereinander weniger Berührungsängste als Jungs. Wenn zwei Jungs Hand in Hand oder Arm in Arm durch die Straßen gehen, sind sie entweder schwul oder sie müssen Angst haben, dass jeder denkt, sie wären schwul. Händchen haltende Mädchen siehst du dagegen ganz oft. Freundinnen fallen sich spontan um den Hals, nehmen sich in den Arm, nicht nur, wenn die andere Trost braucht – das ist für uns ganz normal. Jungs klopfen sich höchstens mal auf die Schulter, sind kumpelhafter – auf den ersten Blick eben so, wie man es ihnen immer nachsagt:

dass sie als Freunde weniger herzlich, weniger innig, weniger gefühlvoll wären. Das stimmt aber nicht unbedingt. Wir haben jedenfalls sehr gute Freunde, mit denen wir das erleben können, was wir uns auch von guten Mädchenfreundschaften wünschen: dass man was miteinander unternimmt, zusammen Spaß hat; dass man beim anderen alles, was man will, loswerden kann und dass das auch gut aufgehoben ist; dass der andere einem zuhört und für einen da ist.« **Sarah, 16 & Margret, 17**

»Hast du schon mal gesehen, wie Hunde sich begutachten? Genauso ist das auch bei Mädchen! Erst wird das Gegenüber genauestens inspiziert, umkreist und beschnuppert, dann gibt es zwei Möglichkeiten: entweder Knurren und Ans-Bein-Pinkeln oder begeistertes Kläffen und Schwanzwedeln. Entweder KRIEG oder FREUNDSCHAFT. Jungens sind da lockerer, cooler. Auch die Intrigen und das Lästern fehlen. Ich bin zwar selbst ein Mädchen, aber ich war mit genug Jungen unterwegs, um zu wissen, was bei denen so ungefähr abgeht. Beleidigtsein und Zicken gibt's genauso wenig, so dass du mit Jungs eigentlich offener sein kannst.«
Nora, 13

»Jungs, die großen Schweiger? Die einsamen Wölfe? Irgendwie stimmt das schon. Schließlich ist das eine Rolle, die uns lange genug von der Gesellschaft aufgedrückt wurde. Dazu passt auch, dass Jungs nicht einen besten Freund haben, sondern eher mehrere gute. Sie schließen sich lieber zu Gruppen zusammen: das Rudel, zu dem man gehört, wenn man gleiche Ideen und Interessen hat. Musik, Hobbys, Klamotten, Herkunft – das muss schon stimmen. Auch wenn man eigentlich wenig miteinander zu tun hat, bilden sich Cliquen, in denen zwei, drei Leute wirkliche Freunde sind; den Rest erträgt man! Trotzdem entsteht ein Wir-Gefühl.« **Niki, 17**

»Ich habe keine Hintergedanken, wenn ich sie in den Arm nehme!« Eine Talkrunde

Theoretisch ist es eine wunderbare Sache: Ihr findet euch nett, habt den gleichen Humor und wisst genau, was ihr voneinander wollt – Freundschaft nämlich. In der Praxis kann eine Freundschaft zwischen Jungs und Mädchen aber manchmal ganz schön kompliziert sein. Klappt es oder klappt es nicht? Es diskutieren drei Mädchen und drei Jungs: Didem, 18, Lydia, 16, Valeska, 18, und Arpad, 19, Jan, 19, Robert, 20.

dtv: Können Jungs und Mädchen befreundet sein?

Robert: Klar! Für mich stellt sich die Frage gar nicht.

Didem: Für mich schon!

Valeska: Für mich auch. Denn meiner Meinung nach funktioniert es nicht so ohne weiteres. Es gibt einfach zu viele Unterschiede.

Jan: Und die wären?

Valeska: Na, ich glaube, dass schon die Auffassung von Freundschaft grundverschieden ist. Mir ist es zum Beispiel wichtig, dass ich mit den Menschen, die mir viel bedeuten, möglichst viel Zeit verbringe, am liebsten sogar jede freie Minute. Aber dazu sind Jungen nur bereit, wenn sie in dich verliebt sind, sonst gehen sie lieber zum Skaten oder machen sonst was mit ihren Kumpeln. Außerdem möchte ich jederzeit zum Telefon greifen und dem Freund erzählen können, was ich gerade erlebt habe. Und das erwarte ich umgekehrt auch. Aber so viel Offenheit habe ich mit einem Jungen noch nie erlebt.

Arpad: Ich finde, man darf das nicht pauschalisieren. Ich habe zwar selbst kein Mädchen zur Freundin, aber ich kenne durchaus Mädchen, die männliche Freunde haben.

Lydia: Meine besten Freunde sind auch Jungs. Und ich kann mit ihnen problemlos über alles reden. Freundschaft entwickelt sich ja auch. Bei meinem besten Freund reicht mittlerweile schon ein kurzer Blick und ich weiß, wie er drauf ist. Ich kenne ihn allerdings auch schon seit der vierten Klasse.

Valeska: Aber kannst du mit deinen Freunden auch alles machen, was du willst?

Lydia: Auf jeden Fall. Besser sogar als mit manchen Mädchen. Da mache ich meist mit der einen dies und mit der anderen das. Mit meinem besten Freund dagegen geht alles. Sogar shoppen!

Robert: Dein Freund steht mit dir bei H & M vor der Umkleidekabine?

Lydia: Das tut er. Und er steht sogar dann noch da und guckt und gibt sein Urteil ab, wenn ich mir Unterwäsche kaufe.

Didem: Und du bist sicher, dass er nichts von dir will? Mir ist es nämlich jetzt schon sechs oder sieben Mal passiert, dass ich dachte: »Hey, prima platonische Freundschaft«, und nach ein paar Monaten haben mir meine vermeintlichen Freunde offenbart, dass sie von Anfang an in mich verliebt waren und darauf gehofft hatten, dass ich mich im Laufe der Freundschaft auch in sie verliebe.

Robert: Und als du gesagt hast: »Nee, will ich nicht«, was wurde dann aus der Freundschaft?

Didem: Die ist im Sande verlaufen. Und ich habe mich dann immer gefragt: Wäre die Freundschaft auch so schön gewesen, wenn sie nicht in mich verliebt gewesen wären? Das weiß ich bis heute nicht.

Valeska: Mir unterstellen die Jungen in solchen Fällen immer, ich wäre auch in sie verliebt, würde es aber bloß noch nicht merken. Voll bescheuert ...

Jan: So was passiert umgekehrt aber genauso. Ich hatte mal über zwei Jahre eine Freundin, die immer wieder beteuert hat, dass unsere Freundschaft rein platonisch wäre und wie toll sie das fände. Und an dem Tag, an dem ich zum Schüleraustausch in die USA fliege, bekomme ich plötzlich einen Brief von ihr, in dem steht: »Jetzt habe ich dich zwei Jahre lang geliebt und du hast es nicht mal gemerkt.« Da habe ich mich auch gewundert.

Valeska: Wahrscheinlich ist es einfach so, dass Jungen und Mädchen nur in einem Alter befreundet sein können, in dem Sex noch keine Rolle spielt.

Arpad: In dem Alter habe ich mich mit Mädchen bloß gekloppt.

Jan: Und wir fanden sie langweilig! Kein Fußball, kein Computer, wie öde.

Robert: Ich glaube auch, wenn überhaupt etwas gegen eine Freundschaft zwischen Jungen und Mädchen spricht, dann sind das die unterschiedlichen Interessen. Ich hätte zum Beispiel nur bedingt Lust, mit einer Freundin shoppen zu gehen oder irgendwelche hochwichtigen Kunstausstellungen zu besuchen. Und dass ein Mädchen Fußball spielt, ist auch eher selten. Da auf einen gemeinsamen Nenner zu kommen finde ich manchmal schwierig.

Lydia: Mein Freund und ich wechseln uns einfach ab: Den einen Tag machen wir, was ihm gefällt, dann das, was ich mag. Das funktioniert super und hat außerdem den Vorteil, dass du Sachen lernst, auf die du sonst nie gekommen wärst. Meine Freunde haben es zum Beispiel geschafft, mich für Motorräder und Computer zu begeistern, und im Moment bringen sie mir gerade Poker bei. Außerdem haben die Jungs oft eine ganz andere Sicht auf das Leben und eine viel entspanntere Art, miteinander umzugehen.

Didem: Das fand ich auch immer angenehm. Wenn du mit einem Jungen befreundet bist, kannst du ganz offen sagen: »Du, ich hab keine Lust, mich heute mit dir zu treffen, du nervst mich gerade so.« Bei Mädchen muss man immer alles verpacken.

Valeska: Also, meine Erwartungen an Freundschaft erfüllen Mädchen insgesamt besser. Sie haben mehr Zeit, sind rücksichtsvoller und kommunikativer, und wenn ich mich bei ihnen anlehnen will oder ihnen einen Kuss geben will, muss ich nicht überlegen, ob das jetzt möglicherweise missverstanden werden könnte.

Didem: Oh ja, diese Missverständnisse kenne ich ...

Lydia: Aber sie müssen nicht automatisch auftreten. Mein bester Freund hat auch einen tollen Körper und wir laufen ganz oft Hand in Hand durch die Gegend und trotzdem ist noch nie was passiert. Ich war auch zu keiner Zeit in ihn verliebt, obwohl er rein äußerlich durchaus mein Typ wäre.

Robert: Ich glaube auch: Sobald du dich besser kennst, spielt die sexuelle Anziehung keine so große Rolle mehr. Ich kenne meine Freundin jetzt vier Jahre und habe keine Hintergedanken, wenn ich sie in den Arm nehme. Wir haben auch schon zusammengekuschelt auf dem Bett gelegen. Der Einzige, der damit Probleme hat, ist ihr Freund.

Valeska: Ich glaube, da wäre ich auch eifersüchtig.
Didem: Ich wahrscheinlich auch. Wobei ich mich frage, ob man überhaupt noch einen andersgeschlechtlichen Freund braucht, wenn man in einer festen Beziehung lebt. Also ich brauche das nicht!
Robert: Ich schon. Denn in einer Beziehung gibt es ja auch Uneinigkeiten und Streitigkeiten, über die man mit jemand anderem reden möchte. Und da ziehe ich gern mal meine Freundin zurate. Sie hat mir eigentlich auch immer helfen können.

Valeska: Stimmt, meine Freunde haben mir in solchen Fällen auch schon oft die Augen geöffnet. Das ist übrigens auch einer der Gründe, warum mir die Freundschaft zu Jungen so wichtig ist.
Jan: Trotzdem darf man seine Freundin nicht zu sexy finden, also im Sinne von Bett-attraktiv. Aber die richtig supersexy Frauen blocken platonische Freundschaften sowieso ab. Zumindest habe ich das an unserer Schule beobachtet.
Didem: Sie blocken ab, weil sie zu viele schlechte Erfahrungen gemacht haben und euch nicht trauen!
Robert: Am besten ist sowieso, wenn du deine Freundin über Freunde kennen lernst. Das ist ungezwungen.
dtv: Wie bist du zu deiner Freundin gekommen, Jan?
Jan: Wir haben uns auf einer Sprachreise nach England kennen gelernt. Es war lustig, mit ihr zu reden, dann sind wir ein paar Mal Tennis spielen gegangen und abends in die Disco ...
Arpad: ... aha, Tennis spielen ...
Jan: ... und als wir wieder in Berlin waren, haben wir uns geschrieben und uns angerufen. Dann hat sie mich zu ihrem Geburtstag eingeladen und seitdem sehen wir uns

alle zwei Monate. Diese Treffen sind meist auch ziemlich intensiv.

dtv: **Was unterscheidet diese Freundschaft von einer Freundschaft zu einem Jungen?**

Jan: Nichts. Ich rede mit allen über alles, Zukunftspläne und was weiß ich. Also, es ist sicher nicht so, dass mir meine Freundinnen erklären, wie Frauen fühlen und denken. Das Einzige, was verschieden ist, ist das Mitteilungsbedürfnis. Valeska wäre wahrscheinlich schwer enttäuscht von mir.

Arpad: Von mir auch.

Robert: Ich schließe mich an.

Lydia: Also, das ist mir ja jetzt schon fast peinlich, aber mein bester Freund erzählt mir ziemlich viel. Ich gehe auch mit meinen Problemen lieber zu ihm als zu meiner Freundin. Nicht weil er mich besser versteht, sondern weil er sich viel mehr Zeit nimmt, mich anzuhören. Meine Freundin denkt immer gleich, dass sie Bescheid weiß – nur, weil sie auch ein Mädchen ist.

Valeska: Mensch, Lydia, wie machst du das bloß?

Lydia: Vielleicht funktioniert diese Art von Freundschaft bei mir so gut, weil ich eher der Kumpeltyp bin.

Didem: Das glaube ich nicht. Ich habe mich ja auch nicht an meine Freunde rangeschmissen und sie haben sich trotzdem verliebt.

Valeska: Würdest du eigentlich sagen, dass du deinen Freund liebst, Lydia?

Lydia: Nein. Aber ich ehre und schätze ihn und freue mich, dass er da ist.

Didem: Das würde ich auch gerne mal von einem Jungen sagen können. Aber es gestaltet sich so schwierig. Vielleicht sollte ich dich nehmen, Arpad.

Arpad: Ich weiß nicht. Könnte sein, dass ich dich einfach zu attraktiv finde.

»Gemeinsam stürzten wir immer weiter ab«

Freundschaft auf der Straße

Das Versprechen lautete: Wenn eine stirbt, geht die andere zur Beerdigung. Es war Snoopy, 23, die am Grab stand. Ihre Freundin hatte sich totgefixt. Ein Nachruf.

Auf der Straße richtige Freundschaften schließen zu können ist wahrscheinlich nur eine Illusion. Klar sind da die Leute, mit denen man viel zusammen ist, aber Freunde? Man hängt zusammen rum, organisiert Kohle und Stoff und macht sich gemeinsam dicht. Meine einzigen Freunde waren meine Ratte und Heroin – die ganzen Leute dagegen: alles nur Bekannte, die irgendwann verschwanden, zurück nach Hause, in den Knast, in eine andere Stadt. Immer, wenn man sich an jemanden gewöhnt hatte, war er nicht mehr da. Bei den meisten vergisst man bald, dass sie jemals existiert haben, vergisst, wie sie aussahen, selbst den Namen, auch die Leute, die auf der Strecke blieben, die die Straße nicht überlebt haben. Es gab Leute, von denen ich sagte, dass sie meine Freunde sind, doch die Zeit mit ihnen ist vorbei.

Nina gehörte dazu, auch wenn wir uns nicht auf der Straße, sondern in einer Arztpraxis kennen gelernt hatten, in der wir beide substituiert wurden. Wir hatten vieles gemeinsam, waren beide heroinabhängig und hatten beide keine Ahnung, was wir ohne Heroin mit uns anfangen sollten, schließlich bekamen wir ja Polamidon und brauchten die Shore nicht mehr. Wir hatten auf einmal viel Zeit, denn wir waren ja nicht mehr auf der Suche nach Stoff oder Geld. Also taten wir uns zusammen und zogen gemeinsam durch die Gegend. Durch Nina lernte ich Berlin erst richtig kennen, das andere Berlin, jenseits vom Bahnhof Zoo. Es war eine lustige Zeit, eine gute Zeit. Ich war für Nina da und sie für mich, auch als ich wieder rückfällig wurde. Oft lagen wir einfach nur im Park auf irgendeiner Wiese und träumten von der Zukunft. Dann kam es zum Bruch zwischen der Ärztin und Nina und wir verloren uns aus den Augen, aber immer, wenn wir uns trafen, war es, als wenn wir nie voneinander getrennt gewesen wären. So verging ein Jahr nach dem anderen. Ich ging wieder zur Schule, Nina bekam ihr erstes Kind. Es sah aus, als würde alles gut werden. Ich hatte mein Leben auf die Reihe gekriegt, Nina auch, dachte ich. Wir hatten nicht mehr viel miteinander zu tun, ich hörte nur ab und zu etwas, meistens Gutes, dann nur noch, dass sie wieder drauf sei. Als ich selbst abstürzte, kamen wir uns wieder näher. Es war eine beschissene Zeit, Nina zog zu mir und gemeinsam stürzten wir immer weiter ab. Alles drehte sich nur noch um Shore, jeder Tag. Morgens machten wir uns gemeinsam den ersten und abends den letzten Druck. Dazwischen noch unzählige andere und Tabletten. Abends lagen wir in meiner Wohnung auf der Matratze und waren zu breit, um irgendetwas zu machen. Nina sprang als Erste ab, ging auf Entgiftung. Ich passte auf ihren Hund auf und besuchte sie fast jeden Tag. An die nächsten Monate kann ich mich nicht mehr erinnern, mit Tabletten zugedröhnt und auf Shore, war ich nur noch auf

der Szene, Nina war wohl auch da und es war alles wie immer.
Als ich mich zu einer Therapie entschloss, brach der Kontakt vollständig ab. Ich wusste, dass auch Nina auf Therapie wollte, hatte sie auch noch mal auf der Entgiftung getroffen, gemeinsam mit ihr dort die Zeit totgeschlagen. Bevor ich auf Therapie nach Mecklenburg ging, war sie auch auf einer Entgiftung. Im Urlaub wollte ich sie treffen, aber dazu kam es nicht mehr. Ich bekam einen Anruf von einer Sozialarbeiterin und erfuhr so von Ninas Tod.
Anstatt mich mit Nina zu unterhalten stand ich dann also an ihrem Grab, bei ihrer Beerdigung. Ich hatte es ihr versprochen, so wie sie mir. Wenn einer von uns stirbt, geht der andere zur Beerdigung, wie man es für einen Freund tut. Ich weiß, dass die Freundschaft wahrscheinlich so oder so kaputtgegangen wäre, wenn ich clean zurückgekommen wäre, aber Nina fehlt mir trotzdem. Und wir waren Freunde, auch wenn jeder von uns etwas anderes hatte, was ihm wichtiger war – Shore.

G
G

I hear voices...
...And they don't
like you

Suche Freunde, biete mich

Thema: Außenseiter

»Freundschaft ist für mich sehr wichtig. Außenseiter sollte man mit einbeziehen.« **Katharina, 13**

»Einsamkeit ist das schlimmste Gefühl für jeden. Das Kennenlernen von neuen Leuten weckt Lebensgeister!« **Tanja, 19**

It's Marlboro-man-time: Rauf aufs Pferd! Rein in den Sonnenuntergang! Freunde? Wer braucht die schon?! Solche Phasen hat jeder mal und das ist auch okay. Gelegenheitsaußenseiter zu sein lässt sich aushalten. Etwas ganz anderes ist es, wenn man eigentlich dazugehören will und die anderen einen nicht lassen. Das tut verdammt weh und kratzt am Selbstwertgefühl – wer erträgt es schon, immer wieder abgelehnt zu werden? Wer nichts dagegen unternimmt, ist in Gefahr, sein ohnehin angeknackstes Selbstwertgefühl irgendwann ganz zu verlieren. Und dann haben die anderen wirklich allen Grund, einen doof, langweilig und unattraktiv zu finden. Ein Teufelskreis, den man nur selbst aufbrechen kannt. Fragt sich bloß: wie? Süßigkeiten spendieren? Als Klassenclown die anderen zum Lachen bringen? Die Lehrer um Hilfe bitten? Das Outfit wechseln? Sich ein spannendes Hobby zulegen? Die anderen zur Rede

stellen? Das kommt darauf an: Denn es gibt viele Auslöser, die jemanden zum Außenseiter machen. Der eine scheitert an seiner Schüchternheit, der andere an seiner Unnahbarkeit oder Arroganz. Auch Neidhammel und Selbstdarsteller verbauen sich Freundschaften. Kann sein, dass man zur falschen Zeit am falschen Ort auf die falschen Leute trifft oder sich potenzielle Freunde durch Intoleranz oder Aggressivität selbst vergrault. Vielleicht macht die Gruppe aber auch einfach nur deshalb dicht, weil sie Angst hat, dass man ihr Gefüge gehörig durcheinander wirbelt.
Oft gibt es gar keinen Grund: Dann haben sie einen einfach auf dem Kieker – und wahrscheinlich wissen sie nicht mal selbst, warum.

»Es gab in meinem Leben eine Zeit, in der ich die totale Außenseiterin war. Angefangen hat das in der fünften, als ich von der Grundschule direkt auf eine Ganztagsschule gewechselt habe. In meiner Klasse waren hauptsächlich Jungs, nur sechs Mädchen, und in dieser Mädchengruppe herrschte eine unglaubliche Hackordnung. Warum es ausgerechnet mich getroffen hat, weiß ich selbst nicht. Wahrscheinlich hätte es jede andere sein können. Hauptsache, da war jemand, den sie ausgrenzen und zu dem sie gemein sein konnten. Vielleicht, um den Jungs zu imponieren, ganz bestimmt, um sich als Gruppe stark zu fühlen – jedenfalls war ich dran. Dabei kann ich noch nicht mal sagen, dass sie mich ausgeschlossen hätten; sie haben mich erst gar nicht aufgenommen. Und dabei habe ich mir nichts mehr gewünscht als genau das: eine von ihnen zu sein.
In den Unterrichtspausen und den schrecklich langen Mittagspausen saß ich also immer alleine rum. Wenn im Sport oder für andere Aufgaben Gruppen gewählt werden sollten, war ich natürlich immer die Letzte, die sie aufgerufen haben – nach außen hin gnädig, aber eigentlich total abfällig: ›Haach, dann komm halt zu uns ...‹ Sie haben

mich fertig gemacht mit Worten, haben mich beschimpft, richtig übel – blöde Kuh oder Arschloch waren noch die harmloseren Sachen. Und immer haben sie mich den Dreck machen lassen: Einmal lag im Schulhof was total Ekliges auf dem Boden, ein vergammeltes uraltes Pausenbrot, glaub ich, das eines der Mädchen aufheben sollte. Sie hat sich umgedreht, auf mich gezeigt und gesagt: ›Los, mach du das weg!‹ Und das Schlimme ist: Ich hab's getan. Nur einmal, als ein Junge auf dem Schulweg seinen Kaugummi aus dem Mund genommen, mir unter die Nase gehalten und gesagt hat: ›Kau weiter!‹, hab ich mich dann doch geweigert. Aber sonst …

Da hatten die natürlich längst begriffen, dass man's mit mir ja machen kann, weil ich mir wirklich *alles* gefallen lasse – und noch viel mehr: Am Anfang wollte ich ihre Freundschaft, ihre Zuneigung mit Süßigkeiten oder Geschenken erkaufen, obwohl ich genau wusste, dass das nicht funktioniert. Und

Hilfe, ich bin außen vor!

Wenn du das Gefühl hast, ein Außenseiter zu sein, frag dich zuallererst: Wie wirke ich auf die anderen? Dann: Was will ich von den anderen? Und: Was kann ich selbst dazu beitragen, um die Situation zu verändern, zu verbessern? Gut wäre es, wenn dir dabei jemand hilft. Such dir deshalb einen Dritten, dem du vertraust. Das können sein: Lehrer, Mediatoren, Tutoren, Schulpsychologen und natürlich deine Familie. Bietet sich niemand an oder möchtest du lieber mit Leuten sprechen, die dir nicht so nahe stehen, solltest du dich an einen Profi wenden. Adressen dazu stehen im Anhang oder du schaust im Internet nach unter:
www.schueler-mobbing.de/index.html.
Möglicherweise kommt am Ende der Gespräche heraus, dass du deine Außenseiterrolle nur loswirst, wenn du weggehst. Konkret heißt das, dass du die Klasse wechselst, die Schule wechselst, dich woanders nach Freunden umguckst. Diese Vorstellung wirkt zwar erst mal abschreckend, aber meist lohnt sich ein klarer Schnitt. Denn an anderen Orten, mit neuen Leuten, in anderen Situationen und unter anderen Bedingungen findest du bestimmt Menschen, die zu dir passen. Die Regel »Einmal Außenseiter, immer Außenseiter« gibt es nämlich nicht!

selbst wenn, dann hätte es auf die Art ja keinen Wert gehabt. Im Unterricht hab ich gestört, Blödsinn gemacht, Lehrer geärgert – nur damit sie mal über mich lachen, mich toll finden. Auch das hat überhaupt nicht hingehauen. Danach haben sie mich bloß angepöbelt, was denn *das* jetzt sollte. Ich habe versucht mit ihnen zu reden: wie gemein das ist, was sie da mit mir anstellen; wollte rauskriegen, warum sie so zu mir sind. Außerdem hatten die Lehrer inzwischen Lunte gerochen – aber denen hab ich immer gesagt: ›Mir geht's gut!‹ Weil ich doch auf keinen Fall wollte, dass die anderen mich doof finden, und weil ich Angst hatte, dass es danach nur noch fürchterlicher werden würde. Na ja, es war ja auch so schon schlimm genug; wie hätte sich das noch steigern lassen sollen? Meine Strategie war: Ich wehr mich nicht, mach alles, was die wollen – und irgendwann mögen die mich dann und ich gehöre dazu.

Wenn ich ein Bild finden müsste dafür, was es heißt, Außenseiter zu sein, würde ich einen Kreis malen: auf der Außenlinie dieses Kreises die anderen und in der Mitte der oder die, die nicht dazugehören. Fast wie eine Jagdszene, bei der das Opfer eingekreist wird – und so ist es auch. Du stehst da drin und wartest immer nur auf den nächsten Angriff.
Mein ganzes Unglück habe ich in mich reingefressen. Helfen konnte mir auch keiner, weil ich ja immer alles abgestritten habe. Nach und nach bin ich immer misstrauischer geworden, habe mein ganzes Selbstvertrauen verloren – überhaupt: mein Vertrauen. Weil ich irgendwann geglaubt habe, was sie mir Tag für Tag so super-

deutlich gezeigt haben: dass ich blöd bin, dass keiner mit mir was zu tun haben will, dass ich nichts wert bin. Und dass deshalb alle auf mir rumhacken dürfen. Egal wer. Einfach alle. Auf mir. Da hatte ich innerlich aufgegeben, aber mich immer noch nicht gewehrt – wahrscheinlich, weil ich tief drin doch noch gehofft habe, es könnte besser werden. Oder sogar gut. Bis sie mich auch noch aus einer Neigungsgruppe rausgeekelt haben. Wie sie das geschafft haben, kann ich heute gar nicht mehr sagen. Jedenfalls haben sie so lange auf mich eingeredet – dass ich mich da bloß wieder abmelden solle, dass sie mich auf *gar keinen Fall* dabeihaben wollten –, bis ich's wieder mal gemacht habe. Nach ihrem Willen und sogar gegen den ausdrücklichen Wunsch des Lehrers, der diese ganzen Intrigen mitbekommen und zu verhindern versucht hatte. Aber als sie mich schließlich so weit hatten ihm zu versichern, dass nicht *sie* mich draußen haben wollten, sondern dass *ich selbst* nicht mehr teilnehmen wollte, war das nicht mal gelogen: Das wäre dann ja total die Hölle geworden. Damals habe ich auch angefangen Krankheiten vorzutäuschen, um nicht in die Schule zu müssen. Dann kam natürlich meine Mutter, der ich das genauso verschwiegen hatte, dahinter und am Ende, zur siebten Klasse, habe ich die Schule gewechselt.

Ich erinnere mich noch, wie mich in jenen Wochen eine frühere Freundin anrief, um zu hören, wie es mir geht. Da bin ich richtig erschrocken. Weil ich es überhaupt nicht fassen konnte, dass es tatsächlich einen Menschen gab, der mich nach meinem Befinden fragt und es auch wirklich wissen will.

Inzwischen ist das vorbei. Ich habe Freundinnen gefunden. Trotzdem: Die Angst bleibt. Nicht nur davor, noch mal Außenseiterin zu sein. Sondern vor allem davor: noch mal alles zu tun, alles mitzumachen, auf Teufel komm raus, nur um dabei zu sein. Oder fast alles.« **Johanna, 15**

Baden gegangen

»Ich hab mein Schminkzeug vergessen ...« Langsam umrandet Juli ihr Auge mit einem schwarzen Kajalstift. Dann blinzelt sie ihr Spiegelbild an, setzt ein überlegenes Lächeln auf und sagt beiläufig: »Soll ich dir was leihen?« Die Wahrheit ist, dass ich diese Pinselchen, Döschen und Tuben einfach nicht unterscheiden kann. Ich weiß nicht, ob sie zu Mund, Wimpern, Augenlidern oder was auch immer gehören. Aber das braucht keiner zu wissen. Was denken die sonst von mir. »Nein, nein, das braucht's nicht ...«, antworte ich also Julis Spiegelbild, das die Lippen spitzt und einen lila Mund erhält. »Na, wie sieht's aus?«, fragt sie. »Toll, ja.« Und ich bewundere sie wirklich.

»Willst du dich nicht schminken? Du kannst echt was haben.« – »Nein, nein, ich geh einfach so.« Ich sehe ihren entsetzten Blick. Eigentlich hätte ich damit rechnen müssen, wenn ich schon abends mit ihr ins Kino gehe. Vor einem Jahr hat sie noch geschworen sich nie so aufzumotzen wie die aus den höheren Klassen. Aber jetzt ... Jetzt sind wir in der neunten und sogar die Fünftklässler schminken sich. »Also gut, ich mach noch was mit meinen Haaren.« Ich krusche in den Töpfchen zwischen silbernen Halskettchen und Kreolen und schiebe mir ein paar Klammern in die Haare. »So geh ich nicht mit dir!« Juli schaut mich an. Wäre ich doch bloß nicht zu ihr gekommen. Ich hätte große Lust, einfach nach Hause zu fahren. Sie braucht doch nur ein Anhängsel, das sie mitschleppen kann, um nicht alleine zu sein. Und ich kann zuschauen, wie sie mit den Jungen flirtet. Nur weil ich so schüchtern bin und sie das genau weiß. Wütend blitze ich sie an.

»Du schminkst dich jetzt oder wir bleiben zu Hause!« – »Na und, dann bleiben wir halt hier! Ist mir doch egal. Und überhaupt, schminken ist bei mir überflüssig, das nützt eh nichts!« – »Jetzt geht die Mitleidstour wieder los, ja? Mach dich doch selber fertig. Verkriech dich im Bett und komm bloß nicht aus dem Haus! Was willst du hören? Dass du hässlich bist, ja?« – »Ja, sag's mir doch. Stimmt doch!«, schreie ich sie an. So sauer war ich schon lange nicht mehr auf sie. »Du schaust so scheiße aus!«, brüllt sie. Ohne groß nachzudenken packe ich den Zahnputzbecher, drehe den Wasserhahn auf und schütte ihr eine Ladung Wasser ins Gesicht. Die Wimperntusche verläuft, die Haare kleben ihr an den Wangen und ihr Mund steht halb offen. Wie ein begossener Pudel starrt sie mich an. Sofort tut es mir total Leid, ich will was sagen, aber bevor ich einen Ton rausbringe, packt Juli mich an den Schultern und schiebt mich rückwärts. Ich stolpere über irgendetwas Großes und stürze nach hinten. Doch bevor ich kapiere, wo ich gelandet bin, klebt schon die Kleidung an meiner Haut, Wasser läuft mir den Rücken runter und ich ziehe Juli schreiend an der Hand unter die Dusche.

Da sitzen wir unter dem eisigen Wasserstrahl und kreischen, bis plötzlich die Türe aufgerissen wird und ihre Mutter mit hochrotem Kopf erscheint. Wie ein Fisch klappt sie den Mund auf und wieder zu. Auf dem Boden ist eine kleine Überschwemmung entstanden. Zwei Mädchen sitzen mit Schuhen in der Badewanne und lachen sich kaputt. Nein, das ist zu viel des Guten! Der Abend ist gestrichen, keine Party, sondern Badputzen. Auch nicht schlecht. Hauptsache, Juli und ich verstehen uns wieder.

Nadja, 16

Freunde auf Rezept
Oder: Wie knüpfe ich eine Freundschaft?

»Kein Schwein ruft mich an,
keine Sau interessiert sich für mich,
solange ich hier wohn,
ist es fast wie ein Hohn,
schweigt das Telefon.

Kein Schwein ruft mich an,
keine Sau interessiert sich für mich,
und ich frage mich,
denkt gelegentlich
jemand mal an mich?«

Text und Musik: Max Raabe

Das wäre doch praktisch: Du wählst eine 0180er-Nummer, sagst: »Er soll 16 sein, Regenwürmer züchten und ein Mofa haben«, und eine Stunde später klingelt es an deiner Haustür. Da steht er, dein Freund. Er reicht dir seinen zweiten Helm, ihr steigt auf und fahrt der ewigen Freundschaft entgegen. Die Gebühr wird mit der nächsten Telefonrechnung abgebucht.

In Wirklichkeit ist Freunde suchen natürlich viel komplizierter und manchmal auch ganz schön frustrierend. Den Masterplan gibt es leider immer noch nicht, aber durchaus ein paar Strategien. Die wichtigste: offen auf andere zugehen. Ein Blick, ein Lächeln, eine Geste – irgendetwas musst du unternehmen, um dein Interesse zu signalisieren. Außerdem solltest du dir überlegen, wonach du überhaupt suchst: Sind dir Mittelpunktsmenschen sympathisch oder fühlst du dich mit zurückhaltenderen wohl? Brauchst du eine Quasselstrippe oder den großen Schweiger? Willst du um die Häuser ziehen oder auf dem Sofa sitzen? Der Rest ist Intuition. Und Glück. Und die Einsicht, dass nicht jeder Versuch ein Treffer sein kann: Wer bei jemandem landen will, kann abblitzen. Wer was von sich preisgibt, kann verletzt werden. Und dass ihr euch beim ersten Mal gut riechen könnt, heißt noch lange nicht, dass dir beim nächsten Mal nicht die Tür vor der Nase zugeschlagen wird.

Ein Risiko bleibt eben immer. Aber wer nicht sucht, findet auch nicht. Und das wäre doch schade. Deshalb:

Quatsch einfach drauflos! In der neuen Schule, in der Disco, auf Festen gibt's außer dir bestimmt noch andere, die Anschluss suchen. Wer da den Mund aufmacht, hat gute Karten. Und eigentlich ist das gar nicht so schwer. Wie heißt du? Was machst du so? Was läuft hier? Das klingt zwar banal, aber meistens fängt's genau damit an. Wenn ihr dabei gleiche Interessen findet, habt ihr den Joker schon fast in der Tasche. Denn darüber kann man dann endlos weiterreden und muss sich *dringend* mal verabreden ...

Sei so, wie du bist, und spiele nichts vor! Das fliegt irgendwann auf und noch dazu stresst es. Entweder mögen dich die anderen, wie du bist, oder ihr passt sowieso nicht zusammen.

Such oder pflege ein Hobby! Ob Sport, Theater, Musik, Computer, Politik oder Party – wem das Gleiche wichtig ist, der hat sich in diesem einen Punkt schon mal ganz viel zu sagen. Außerdem günstig: Die Termine für eure Treffen stehen schon fest! Gute Voraussetzungen, um sich anzufreunden.

Das blöde Ding mit der guten Laune...

Diese Erfahrung hat jeder schon gemacht: Bist du gut drauf, fliegen dir die Herzen zu. Geht's dir dreckig, will niemand was von dir wissen. Gemein! Aber so ist es nun mal, und wenn du ehrlich bist, machst du's doch genauso. Oder hast du etwa den Trauerkloß von neulich angesprochen? Nun lässt sich gute Laune leider nicht verordnen. Und krampfhaft auf witzig zu machen ist auch keine Lösung. Versuch den Druck rauszunehmen. Denn sonst bist du nicht nur traurig, sondern auch noch total angespannt. Und das schreckt die anderen zusätzlich ab. Ob du heute Freunde findest oder übermorgen oder vielleicht erst in einem Monat, ist zwar nicht egal, aber auch wenn's nicht auf Anhieb klappt, ist das kein Grund zu verzweifeln. Vor allem ist es kein Grund, zum Bittsteller zu werden. Und in dem Moment, in dem du vergisst, dass du um jeden Preis einen Freund haben willst, steht garantiert jemand neben dir und fragt: »Wer bist du eigentlich?«

Frische alte Bekanntschaften auf! Du meinst, dass alle FreundInnen haben – nur du nicht? Dann durchforste dein abgelegtes Adressbuch. Vielleicht fallen dir zu den Namen Gesichter ein, die du gerne mal wieder sehen möchtest. Trau dich und ruf an. Ihr hattet ja schon einen Anfang gemacht – mit etwas Glück gibt's eine Fortsetzung eurer Freundschaftsgeschichte. Und ein Happyend!

Bau auf den Schnee von morgen! Freunde kannst du auch über Bekannte von Bekannten von Bekannten von ... kennen lernen – also: *Keep cool!* Der berühmte Schneeballeffekt hat noch immer funktioniert.

Blätter die Stadtmagazine nach Leuten durch! Wer spielt mit uns Doppelkopf? Wer geht mit ins Kino? Wer hat Spaß am Kochen? Die Stadtmagazine sind voll mit Freundschaftssuchanzeigen. Kaufen, nachlesen, anrufen – oder selbst inserieren!

Guck dich in Chatrooms um! Immer mehr Leute nutzen das Netz, um Freunde zu finden. Warum nicht auch du?

– www.freunde-freundschaft.de Auf dieser Freundschafts-Site gibt's den vollen Service: einen E-Mail-Freundschafts-Suchdienst (»User Galery«), Geschichten rund ums Thema, Chat-Foren, einen Newsletter und jede Menge spannende Links.

– www.emailfreundschaft.de/rubriken.html Unter dieser Adresse findest du Steckbriefe von freundschaftswilligen Jungs und Mädels zwischen 14 und 24.

– www.youngmiss.de/club/club_suchen.html Die Zeitschrift *Brigitte YOUNG MISS* hat einen tollen Computer-Freundschaftssuchdienst entwickelt – mit Hobby-Listen, Charaktervorlieben etc. Nicht nur für Mädchen!

Schmeiß doch mal 'ne Party! Oder mach andere konkrete Angebote wie: »Besuch mich einfach mal«, »Lass uns tanzen gehen!«, »Morgen spielt eine Band, hast du Lust?!« Gemeinsame Erlebnisse fördern Freundschaft – und wenn nicht, hast du wenigstens deinen Spaß gehabt.

JANET JACKSON

»Natürlich haben wir über den Krieg diskutiert!«

Ein deutsch-polnische Freundschaft

Ihre Großeltern waren Feinde. Sie sind Freundinnen. Julia und Jagoda. Eine Deutsche und eine Polin. Beide 17. Kennen gelernt haben sie sich an der deutschen Schule in Warschau, wo Julia und Jagoda fürs Abitur lernen.

Julia: Als ich in die Klasse kam, war ich erst mal entsetzt: nur 15 Leute! Doch dann hab ich Jagoda gesehen und das Erste, was wir gemacht haben – na was wohl? Wir haben gelacht! Ich hatte die lustigste Sportstunde meines Lebens und so nahm die Geschichte ihren Lauf ... *We'll rock the world!*

Jagoda: Ich wurde sozusagen angesteckt mit einem »Virus Lachus«. Dass ich Polin bin und Julia aus Deutschland kommt, war für uns kein Problem. Wir sprechen ja dieselbe

Sprache, weil ich fünf Jahre in Aachen gelebt habe, solange mein Vater dort gearbeitet hat.

Julia: Unsere Nationalität war nicht so wichtig, sondern dass wir uns sympathisch waren. Um den schwierigen historischen Hintergrund habe ich mir eigentlich wenig Sorgen gemacht. Es gibt ältere Polen, bei denen die Eindrücke des Krieges noch lebendig sind und die einen manchmal schräg angucken, aber die junge Generation ist aufgeschlossen und offen. Wie die Atmosphäre in unserer Klasse hier in Polen. Manchmal witzelt einer drüber, aber sonst ist das Thema nur im Geschichtsunterricht aktuell. Mich hat jedenfalls erst mal die Frage beschäftigt, ob die mich nun akzeptieren werden oder nicht.

Jagoda: Außerdem sollte man das deutsch-polnische Verhältnis auch mal von der anderen Seite angucken: Als ich in Aachen gewohnt habe, bin ich in der Schule regelrecht verarscht worden, weil ich Polin bin. Da fehlen auf beiden Seiten einfach Informationen! Damit zum Beispiel deutsche Austauschschüler – die man übrigens gleich als solche erkennt – nicht mehr überrascht sein müssen, dass es auch in Polen WCs und Duschen gibt. Kein Scherz!

Julia: Natürlich hat Jagoda mir in Warschau viel gezeigt. Sie versucht mir ein bisschen Polnisch beizubringen, schmeißt mich ins kalte Wasser. »Probier's doch mal selber, na mach schon!«, heißt es dann immer; ich nicke und bekomme diese schwierigen Laute trotzdem nicht passabel über die Lippen. Ohne Jagoda hätte ich die verschiedenen polnischen Bräuche nicht so hautnah kennen gelernt und Warschau nicht von seiner schönsten Seite gesehen. Sie gibt oft Tipps, denkt sich was aus, was wir in unserer Freizeit zusammen machen können.

Jagoda: ... und wenn's nicht klappt, liegt es wieder mal nur daran, dass wir uns eben nicht entscheiden können! Wir haben beide unsere Ups und Downs, manchmal könnte

Julia mich auf den Mond schießen, manchmal ich sie. Also: wie in jeder normalen Freundschaft auch.

Julia: Aber natürlich hat unsere Beziehung etwas Außergewöhnliches, vor allem eben für uns! Ich kenne Jagodas Eigenheiten, sie kennt meine. Ich weiß, wie ich sie am besten ärgern kann, sie praktiziert es täglich bei mir. Und dann ist da ja noch die Gabe, uns gegenseitig zum Lachen zu bringen, egal wie wir gerade drauf sind …!

Jagoda: Immer wieder frage ich mich, warum gerade unsere Freundschaft für viele so besonders aussieht. Schließlich ist der Krieg schon zwei Generationen her. Aber natürlich haben auch Julia und ich die Frage diskutiert, ob die Deutschen verantwortlich sind für Hitlers Machtübernahme, was sie anders hätten machen müssen. Ohne das Problem zu lösen. Allein die Tatsache, dass wir so sachlich darüber reden können, hat uns ein ganzes Stück weitergebracht. So entsteht auf keiner Seite Hass.

Julia: Sich mit der Geschichte auseinander zu setzen ist schwierig, aber notwendig. Und ich glaube, die jetzige Jugend ist auf dem besten Wege, die Missverständnisse ein für alle Mal zu beseitigen. Heutzutage kommt man in der ganzen Welt herum. Wenn du andere Leute kennen lernst, andere Länder, erweitert sich automatisch dein eigener Horizont. Und vielleicht übernimmst du sogar andere Lebenseinstellungen. Jagoda und ich tauschen uns immer darüber aus. Das bringt uns beide weiter – wäre ja auch ziemlich frustrierend, wenn nicht! Die Vorstellung, dass unsere Freundschaft, neben ihrer Bedeutung für uns beide, eine grenzüberschreitende, völkerverständigende haben kann, finde ich großartig. Auch sonst würde mir ohne Jagoda viel fehlen im Leben. Zum Beispiel das permanente Training meiner Bauchmuskeln durch Lachen! Und ich hoffe sehr, dass unsere Freundschaft hält und wir nie vom »Virus Lachus« geheilt werden!

Unbegrenzt haltbar
Freundschafts-Pflege-Tipps

»Man sollte sich schon mindestens dreimal die Woche sehen und verabreden.« **Emin, 14**

»Abstand ist auch gut – weil man sich sonst nervt!« **Lucia, 13**

Okay, der Vergleich ist nicht gerade der originellste, aber er trifft es halt: Damit eine Topfpflanze blüht und gedeiht, muss sie gegossen, gedüngt und umgetopft werden und gelegentlich auch mal zurückgeschnitten. Einfach nur sagen: »Die Tatsache, dass du auf meiner Fensterbank stehst, müsste dir doch zum Überleben reichen«, genügt eben nicht. Mit der Freundschaft ist es ähnlich. Sich ständig darauf zu berufen, dass man vor Urzeiten beschlossen hat: »Wir sind Freunde«, ist zu wenig. Es einfach auszusprechen reicht nicht für immer. Der Kopf ist nicht das Herz. Eine Freundschaft verkümmert, wenn sie nicht gepflegt wird. Neuerdings gibt es sogar ein Wort dafür, ein Verb: »freunden« heißt es. Ausgedacht hat es sich der Hamburger Philosoph Dr. Harald Lemke und er liefert gleich noch ein

paar Regeln dazu. Die erste lautet: »Will ich ein guter Freund sein, muss ich Zeit mitbringen. Die Ausrede ›Ich habe gerade so viel Stress‹ zählt nicht.« Regel Nummer zwei: »Ich muss aktiv sein! Wenn ich mich wochenlang bei einer Person nicht melde, wie kann ich dann erwarten, dass mich dieser Mensch mag?« Regel Nummer drei: »Ich muss bereit sein zu geben, auch ohne zu wissen, was ich zurückbekomme.« Sein Fazit (bitte nicht erschrecken): »Freundschaft ist Arbeit.«
Und was bekommt man dafür? Die große Freiheit. Denn Freundschaft ist die kreativste zwischenmenschliche Beziehung, die es gibt. Worüber ihr redet, wie oft ihr euch trefft, was ihr unternehmt, wie nah ihr euch kommt – kurz: wie ihr eure Freundschaft gestaltet –, bestimmt allein ihr. Zum Beispiel so:

1 Versuch ein guter Freund zu sein!

Also: aufmerksam sein ohne den anderen zu erdrücken, zuverlässig sein, ehrlich sein, auch oder gerade dann, wenn dich was am anderen stört. Aber Vorsicht: ihn nicht zurechtbasteln wollen! Auch wichtig: nicht klammern. Nur wer sich frei fühlt, kann sich öffnen.

2 Sich's gemütlich machen

Die Zutaten: ein Sofa, zwei Chipstüten, eine Fernbedienung, eine Kuscheldecke, ein Sixpack und morgen ist Samstag.

3 »Hallo, ich bin's ...«

Hauptsache: nicht aus den Ohren verlieren! Eben habt ihr noch stundenlang vor der Schule gequatscht, jetzt redet ihr euch am Telefon schon wieder den Mund fusselig. Nach weiteren hundert Minuten ist das Essen kalt, das Ohr heiß, die Mutter sauer. Aber dafür wisst ihr jetzt, wann ihr euch das nächste Mal seht, wie ihr euch gerade fühlt und was in der letzten halben Stunde Neues passiert ist.

4 »Sein oder nicht sein« – Theater, Kino und andere große Gefühle

Mit Hamlet leiden, sich bei *Titanic* die Taschentücher reichen, mit dem Schwan um die Wette sterben, sich im Museum die Lieblingsbilder zeigen und im Lenny-Kravitz-Konzert die Feuerzeuge schwenken – wer gemeinsam in großen Gefühlen badet, intensiviert auch die Gefühle füreinander.

5 Auf die Plätze, fertig, los!

Sich gegenseitig pushen, miteinander schwitzen, einander besiegen oder zusammen verlieren – Sport ist ein idealer Freundschaftsfitmacher!

6 Shoppen gehen

Ganz umsonst und ehrlich sagen dir deine persönlichen Stil- und Mode-Experten, was zu dir passt – und wenn es seit neustem die Größe L ist. Sind sie dabei, erträgst du selbst das gnadenlose Licht in den H & M-Kabinen, und wenn du nach einer Stunde T-Shirt-aus-Pulli-an ohne alles aus dem Laden rauschst, brauchst du noch nicht mal ein schlechtes Gewissen zu haben.

7 Lästern

Der schöne Brauch der üblen Nachrede gehört unbedingt zur Freundschaft dazu! Denn da seid ihr euch noch einiger als sonst: Der Mathelehrer redet wie Rudolf Scharping, der Mantel da drüben sieht aus wie eine Tischdecke und die Tussi aus der Parallelklasse ist sogar zu blöd, um zu begreifen, wie blöd sie wirklich ist – nur ihr seid super. Stimmt!

8 It's partytime!

Da passieren die Dinge, die ihr euch in fünfzig Jahren noch erzählen werdet: Jana hat in den Garten gekotzt, Frederick und Lisa haben geknutscht, Jonas hat aus Versehen die Caipis gesalzen, Fred hat sich beim Luftgitarre-Spielen den Ischiasnerv geklemmt und Sarah hat sich ihr megateures Kookai-Kleid mit Rotwein ruiniert. Ach ja, waren das noch Zeiten ...

9 Urlaub machen

24 Stunden zusammen, davon baut ihr zwei Stunden das Zelt auf, fünf Stunden liegt ihr in der Sonne, zwei Stunden kocht ihr, eine Stunde redet ihr darüber, was ihr euch eigentlich angucken müsstet, eine halbe Stunde sucht ihr den Korkenzieher, dann das *Siedler*-Spiel. Als ihr es gefunden habt, ist es dunkel, also quatscht ihr die restlichen Stunden – und danach wollt ihr euch nie wieder trennen.

10 Für dich!

Eine SMS, eine Postkarte, eine Mail, ein Brief, eine Kassette mit deinen Lieblingsliedern, ein Gutschein für ein Spaghetti-Essen, ein Überraschungsei, ein Freundschaftsband ... eigentlich kann man gar nicht oft genug zeigen: Schön, dass es dich gibt!

II Und last but not least: miteinander reden!!!

Über: Mädchen, Jungs, Mathe-Klausuren, sexy Unterwäsche, Portugal, dicke Beine, *Siddharta*, Mütter, Johnny Depp, Kinder kriegen, Hertha BSC, Xavier Naidoo, Wimpern färben, Rauchen abgewöhnen, Bundeswehr, das Meer, eigene Wohnung, *GZSZ*, Schienenersatzverkehr, lange Beine, das Wetter, blöde Arschlöcher, verflossene Lieben, BBP, Väter, Fischstäbchen, Träume, Sommersprossen, große Schwestern, Otto Dix, Waschbrettbauch, Schmetterlingsgefühle, die Abteilungsleiterin, Kondome, das Leben, den Sinn und überhaupt.

»Unser Freundschafts-Pflege-Tipp ist: dass wir genau das *nicht* tun – die Freundschaft nach irgendwelchen Regeln zu ›pflegen‹. Jedenfalls nicht bewusst oder inszeniert. Das würde Freundschaft so kompliziert machen. Weil wir uns aber nicht anrufen *müssen*, auf Mails antworten *müssen*, Geheimnisse erzählen *müssen*, miteinander in die Stadt gehen *müssen*, *keine* Erwartungen an uns haben, ist unsere Freundschaft entspannt und eben: einfach schön!« **Veronika, 17**

Wie viele Freunde passen in ein Leben?

Michel de Montaigne sagt: Drei. Harald Lemke meint: Vier. Ann Elisabeth Auhagen antwortet: So viele, wie man möchte. Ermessenssache also. Es gibt keine Formel, mit der du die optimale Größe deines Freundeskreises errechnen kannst, nach dem Motto: Intensität mal Spaßfaktor mal Entfernung mal Dauer der Freundschaft mal … Was es allerdings gibt, ist die Angst, nicht allen Freunden gleichermaßen gerecht zu werden oder alte Freunde durch neue zu verprellen. Eigentlich muss dir das kein Kopfzerbrechen bereiten, denn du nimmst einem alten Freund nichts weg, wenn ein neuer dazukommt. Und die Tatsache, dass du deine Zeit unter mehreren aufteilst, muss nicht automatisch bedeuten, dass die Intensität verloren geht. Schwierig wird es, wenn's bei dir zugeht wie beim Zahnarzt: »Die nehme ich jetzt noch mal schnell zwischen rein.« Dann solltest du dir dringend einen Freundschaftsstopp verordnen. Den anderen und dir zuliebe.

Hände hoch!

Meine Freundin ist ein Wunderkind: hübsch, hochintelligent, hochmusikalisch, kann alles auf Anhieb! Nur eins ist sie nicht: eingebildet; sondern eher der Typ zum Pferdestehlen – wie sehr, zeigte sich in diesem Fall ...

Zu spät zu kommen war ein großes Verbrechen! Genau das ist uns aber passiert, und als wir wieder mal zehn nach acht die Treppe zum Klassenzimmer hochhasteten, beschlossen wir, nicht mit den üblichen Ausreden à la »verschlafen«, »Wecker versagt« anzukommen, sondern dachten uns folgende Story aus: Wir wären, wollten wir erzählen, auf unserem Weg an einem Geschäft vorbeigegangen, um uns ein paar Süßigkeiten zu leisten, wären dort von einem großen Jungen sozusagen überfallen und gezwungen worden Geld rauszurücken, hätten das angstzitternd getan und uns deshalb leider verspätet ... Was wir nicht ahnen konnten: dass unsere Lehrerin, ein Ausbund an Pflichtbewusstsein, alle Hebel in Bewegung setzen würde, um den Täter aufzuspüren. Jedenfalls landeten wir im Handumdrehen in der benachbarten Realschule, mit zwei hochtüchtigen Polizisten an unserer Seite. Die zeigten uns Fotos von allen möglichen großen Jungs – wir schüttelten immer nur stumm den Kopf. Als die beiden kurz aus dem Zimmer waren, zischte ich meiner Freundin zu, dass wir die Geschichte angefangen hätten und nun also auch zu Ende

bringen müssten. Und so tippte ich beim nächsten Bild mit Unschuldsmiene auf einen etwa 16-Jährigen und meine Freundin nickte mit großen Augen dazu. Der Junge, herzitiert und befragt, ob er uns denn kennen würde, verneinte verwundert. Lammfromm bestätigten wir, dass wir uns das Gesicht des Übeltäters vielleicht doch nicht so genau angeschaut hätten ...
Der Fall wurde zu den Akten gelegt und ist bis heute sicher längst verstaubt. Aber wenn ich mit meiner Freundin die Straße entlanggehe und uns ein Polizist entgegenkommt, ziehen wir es doch vor, uns schnell zu verdrücken. Obwohl wir dem braven Ordnungshüter wahrscheinlich höchst verdächtig sind: zwei Mädchen, die sich vor Lachen kaum halten können und dann Hand in Hand die Flucht ergreifen ...

Nora, 13

Geschlossene Gesellschaft, Eintritt frei

Die Clique

»Zur Clique dazuzugehören ist schon sehr wichtig. Wer das Tollste, Neueste, Teuerste hat, gibt den Ton an. Und außerdem: Wenn du das alles immer nicht hast, fühlst du dich sowieso selbst so klein, so vernachlässigt und kannst schon deswegen nicht mehr richtig mitreden. Dann bist du ganz schnell out.« **Inga, 13**

»Sind wir eine Clique? Keine Ahnung! Jedenfalls sind wir ein Freundeskreis! Wer was besser kann? Wer mehr hat? Das ist doch total egal. Für so was kennen wir uns viel zu gut und viel zu lange. Wir gehören zusammen, weil wir uns verstehen, den gleichen Humor haben, weil wir uns einfach mögen.« **Veronika, 17**

Ehrlich wahr: Eine Clique aufzutreiben ist mindestens so kompliziert wie eine Gleichung mit drei Unbekannten zu lösen. Umfragen in Schulklassen, Rundrufe bei Jugend-

r - und
n.

zentren, Hilfe-Faxe an sämtliche Bekannte und Verwandte, Verzweiflungsanrufe im Segelverein und immer wieder dieselbe frustrierende Antwort: »Wir sind keine Clique, sondern ein Freundeskreis.« Ist Clique etwa was Anrüchiges? Oder ein Phantom? Kann nicht sein. Schließlich gab's mal eine, vor langer, langer Zeit, im Jugendraum von Lämershagen, einem Kaff an der A 2, auf halbem Weg zwischen Köln und Hannover. Unvergessen, heiß geliebt und schmerzlich vermisst! Und dann, nach Wochen, ein Wunder. Klar kenne er eine Clique, sagt Talkrunden-Teilnehmer Arpad – seine Clique. Fünfzehn Leute, alle Anfang zwanzig, alle nett und täglich in Berlin-Steglitz zu besichtigen ...

Auf Dennis kann man sich verlassen. Whooky ist nur am Wochenende da. Christoph kommt jeden Tag mit einer neuen Prellung. Mit Saskia kann man gut toben und

Stephan sorgt dafür, dass sie auch mal rauskommen »aus diesem Loch«, womit er die 73 Quadratmeter große Wohnung von Arwid und Malte meint, die exakt auf der Grenze zwischen Steglitz und Berlin-Zehlendorf liegt und so mit Modellschiffen voll gestellt ist, dass man denkt, man sitzt in einem Hafen.

In gewisser Weise stimmt das auch. Denn spätestens ab fünf Uhr läuft einer nach dem anderen aus der Clique hier ein, um für den Rest des Abends auf einem der vielen Sofas anzudocken. »Irgendwann sitzen dann alle gemütlich hier und quatschen«, sagt Arwid. Über Gott und die Welt und was sonst noch ansteht: die neuen Trance-CDs, Beziehungen, Kino und die nächste Party, die so sicher kommt wie die neue Version von *Gran Turismo*.

»Die Clique kennt die Konkurrenz, sie braucht aber auch den Kompromiss. Eigene und fremde Interessen sind immer wieder neu auszuhandeln. Cliquen sind von ihrem inneren Klima her nicht auf 100 Prozent Konformität angelegt und angewiesen. Außerdem können in der Clique Unterschiede zwischen Mädchen und Jungen und die Grenzen zwischen Jüngeren und Älteren überwunden werden.

Mitgliedschaft in einer Clique bedeutet nicht, dass die Jungen und Mädchen ihren eigenen Geschmack verleugnen müssen. Die lockere Form der Verabredungen in Cliquen entlastet die Beziehungen untereinander gegenüber der vertrauensvollen und ›absolut ehrlichen‹ Beziehung zur besten Freundin bzw. dem besten Freund. Und: Der nicht so intensive, dafür aber atmosphärisch offenere und weniger festgelegte Stil des Umgangs in Cliquen-Beziehungen ist ideale Bühne für das Thema Nummer eins: *Boy meets girl, girl meets boy*. Zudem funktioniert die Clique wie eine Informationsbörse, wo Jugendliche austauschen, was sie über Veranstaltungen, Treffpunkte, Neuheiten auf dem Medienmarkt, Freundschaftsbeziehungen u. Ä. wissen.«

Dr. Ekkehard Sander, Jugendforscher, Deutsches Jugendinstitut München

Partys sind wichtig. Denn da bleiben immer ein paar nette Leute hängen. Arpad, Cho, Cindy; auch Stephan ist so zur Clique gekommen, denn er kannte Basti und Basti ging mit Steffi und die hat dann den Rest mitgeschleppt. Basti ist längst Geschichte, Stephan, der praktischerweise gleich um die Ecke wohnt, kann sich ein Leben ohne die Clique kaum

noch vorstellen. »Wir sind wie eine Familie«, sagt Malte. »Oder wie eine Crew«, sagt Arwid und steht auf, um Christoph zu begrüßen, per Handschlag, wie jeden Tag.
Die beiden kennen sich schon ewig. Seit der siebten Klasse. So richtig zusammengeschweißt hat sie aber erst die Abschlussfahrt in der zehnten. »Anderthalb Wochen hammerharte Party, da haben wir gemerkt, wer zusammenpasst«, sagt Arwid. Die Klasse gibt es nicht mehr, die Clique schon und Christoph zählt immer noch zu dem, was man den harten Kern nennt. Dabei ist der große Blonde ein ziemlicher Gefühlsdusel. »Ich freue mich jedes Mal, wenn ich herkomme«, sagt er mit rotem Kopf. Dann flieht er in die Küche zum Pizzabacken.
Der Herd gehört allen in der Clique. Der Kühlschrank auch. Und wenn jemand Hunger hat, kocht er sich was. »Manchmal ist der Backofen die ganze Nacht in Aktion«, sagt Arwid, der seine Freunde ganz gut erzogen hat: Jeder räumt brav seinen Mist weg, leere Colaflaschen inklusive.
Das heißt nicht, dass die Wohnung eine Null-Zoff-Zone ist. »Klar gibt's auch mal Ärger«, sagt Malte, »aber das wird sofort geklärt. Geht auch nicht anders, wenn man jeden Tag zusammen ist.« Nur mit Björn hatte die Clique richtig Stress. Er hatte sich von ein paar Leuten Geld geliehen und nie zurückgezahlt. Seitdem herrscht Funkstille.
Ansonsten spielt Geld keine Rolle. »Wir haben sowieso alle zu wenig«, sagt Malte, der gerade als Zivi in einem Kinder-Behindertenheim arbeitet. Auch die anderen stecken alle noch im Zivildienst oder in der Ausbildung: Dennis ist Zivi in einem Sterbehospiz, Whooky beim Bund, Steffi sucht eine Stelle für ihr Anerkennungsjahr als Erzieherin, Pascal studiert Maschinenbau, Arwid hat gerade sein Fachabitur »Holztechnik« gemacht, Stephan büffelt für seinen Realschulabschluss und jobbt nebenher und Saskia – die Arwid »unsere Prinzessin« nennt – bastelt noch immer an ihrem Abi.

Nach ihr haben anfangs fast alle Jungs in der Clique »die Fühler ausgestreckt«. Wirklich gefunkt hat's aber nie. Und inzwischen ist es dafür auch zu spät. »Für eine Beziehung kennen wir uns viel zu gut«, sagt Arwid. »Du weißt, wie die anderen nach dem Aufwachen aussehen und nach dem Kotzen. Wir sind wie Geschwister und deshalb wird die Clique auch nie wirklich auseinander brechen.«
Dennoch wird sich in den nächsten zwei Jahren einiges ändern. Arwid will studieren, die anderen gehen in feste Jobs und Malte geht sogar ganz weg. Nach Mallorca, Boote bauen. Dann ist nichts mehr mit spontanen Wochenendausflügen zu Amiauto-Treffen, gemütlichen Grillabenden am Wannsee und Camping in Brandenburg. »Wenn ich richtig darüber nachdenke, werde ich traurig. Denn eine Clique ist das Beste, was es gibt«, sagt Arwid und steht auf. Es hat geklingelt. Und das nicht zum letzten Mal.

»Du musst üben, Beni«

Oder: Wie buchstabiert man Freundschaft?

Der Stoff taugt für einen Hollywood-Film: Ein Mädchen mit Down-Syndrom bringt einem hochbegabten Jungen das Schreiben bei. Ort der Handlung: die fünfte Klasse einer Montessori-Schule in München. Das Motiv: Sie sind Freunde.

Er ist das, was man einen aufgeweckten Jungen nennt: Kaum kann er sprechen, fragt er den Leuten Löcher in den Bauch; sind Handwerker im Haus, stellt er sich neben die Leiter und will wissen: Was tust du da? Wieso, weshalb, warum? Und natürlich gibt er sich mit den Antworten nicht einfach so zufrieden, sondern macht nach, wendet an, probiert aus.

Noch ehe er eingeschult wird, kann Benjamin lesen und rechnen.

Was er nicht kann, ist schreiben.

Weil er gesundheitliche Probleme hat, muss er wiederholt für längere Zeit in die Klinik. Während seine Mitschüler die

Hefte mit Schwungbögen füllen, sich von A bis Z durchs Alphabet malen, liegt er auf dem OP-Tisch und im Krankenbett. Was er da macht? Weiterfragen. Weiterlesen.
Schreiben kann er auch in der 3. Klasse nicht.
Er, der sonst alles im Handumdrehen erledigt, kommt nicht mehr mit. Diktate sind für ihn eine Qual. Eine Pädagogin stellt ihn vor allen anderen bloß. Das, beschließt Benjamin, passiert ihm nicht noch mal: Fortan krakelt er zu Hause in stundenlanger Schwerstarbeit Buchstaben für Buchstaben zu einem Aufsatz aufs Blatt. In der Klasse fährt er stur Verweigerungskurs, will sich von keinem Lehrer mehr was sagen lassen. Nie und nimmermehr. Und wer ihm blöd kommt, kriegt das Gleiche zurück. Egal, ob Mitschüler oder Pauker.
Als er in die fünfte Klasse einer Montessori-Schule kommt, kann er immer noch nicht schreiben.
Zu der Zeit ist Benjamin schon als extrem unruhiges Kind verschrien. Das den Unterricht sabotiert, jegliche Autorität demontiert und mit Scharfsinn, Zynismus und großer Treffsicherheit die Lehrerinnen zur Weißglut bringt. »Vielleicht«, sagt der heute 31-Jährige, »war ich ja verhaltensgestört.« Gestört hat er jedenfalls, wo es ging, und sich mit »konstruktiven Kommentaren«, wie er im Rückblick selbstironisch einräumt, unbeliebt gemacht: Erscheint die Lehrerin mit einem perfekt ausgearbeiteten Unterrichtsmodell, bringt er es mit der Frage: »Das ist wohl Ihr erster Entwurf?« wie ein Kartenhaus zum Einsturz. Schmeißt sie ihn raus, weil er die anderen vom Lernen abhält, kommentiert der 11-Jährige: »Dazu haben Sie kein Recht. Schließlich ist das hier eine Privatschule.« Trotzdem. Erst mal muss Benjamin draußen bleiben, vor der Tür. Dass er ausgerechnet Geschichte verpasst, wurmt ihn.
Und schreiben kann er immer noch nicht.
Aber zum Glück gibt es in der integrierten Klasse Nina. Nina mit dem Down-Syndrom. Nina, die Fleißige, Zuverlässige,

die Pragmatische. Die auf Benjamin zugeht. Die er an sich ranlässt. Die erkennt, woran es bei ihm hakt. »D-d-d-u-du m-m-m-mu-s-s-s-t-t ü-ü-ü-ben, B-b-b-e-e-n-n-i!«, stottert sie voller Überzeugungskraft. Ein Satz, der Benjamins Leben verändert.

»Wir beide haben uns gesucht und gefunden«, erinnert er sich 20 Jahre später. Nina fürchtet seine scharfe Zunge nicht, braucht keine Angst zu haben vor seinem beißenden Spott – Benjamin hat es nicht nötig, vor ihr den starken Max zu markieren oder, wie sonst, mächtig auf den Putz zu hauen, um davon abzulenken, dass er etwas nicht kann. Nie macht er sich auf ihre Kosten lustig – nie gibt sie ihm das Gefühl, nichts wert zu sein. Weil sie ist, wie sie ist, muss er sie nicht fürchten. Keine Gegnerin. Weil sie keine tief greifenden Erklärungen sucht, sondern das, was ihm fehlt, einfach anspricht, ist sie die Einzige, von der er sich etwas sagen lässt. Erst aus ihrem Mund dringt die Botschaft zu ihm durch, kommt bei ihm an: Beni, du musst üben. Das nimmt dir keiner ab.

Also setzt er sich auf seinen Hintern. Und die ungleichen Kinder erleben eine ungewöhnliche Geschichte: Während der Freiarbeit sind sie unzertrennlich. In aller Ruhe und Konsequenz zeigt das mongoloide Mädchen dem hochbegabten Kreuz-und-Quer-Denker, wie das Schreiben funktioniert, weist ihm den Weg vom Kopf über die Hand aufs Papier. Nina bringt Benjamin nicht nur die nötigen Fingerübungen bei, sondern, als Voraussetzung, auch die Ausdauer, das Wiederholen. Und die Einsicht, dass es Dinge gibt, die man nicht allein dadurch begreift, dass man Grundsätzliches versteht und den Rest einfach herleitet, sondern die man erst beherrscht, wenn man sie im Wortsinn *be-griffen* hat. Eben: geübt.

Danach sind die beiden Freunde.

Und als Benjamin am Ende der 7. Klasse auf die Realschule wechselt, kann er endlich schreiben. Dank Nina.

1000 Mal berührt

Wenn aus Freundschaft Liebe wird

»Wir wollten uns bloß den Abend vertreiben,
du wollt'st nicht allein sein und riefst bei mir an,
wir waren bloß Freunde und wollten's auch bleiben
ich dacht nicht im Traum, dass was passieren kann.
Ich weiß nicht, wie ewig wir zwei uns schon kennen,
deine Eltern sind mit meinen damals Kegeln gefahr'n
wir blieben zu Haus, du schliefst ein vorm Fernsehn,
wir waren wie Geschwister in all den Jahr'n.

Tausendmal berührt,
tausendmal ist nix passiert.
tausend und eine Nacht
und es hat zoom gemacht

Erinnerst du dich, wir ha'm Indianer gespielt
und uns an Fasching in die Büsche versteckt,
was war eigentlich los, wir ha'm nie was gefühlt,
so eng nebeneinander und doch gar nix gecheckt.
War alles ganz logisch, wir kennen uns zu lange,
als dass aus uns noch mal irgendwas wird,
ich wusst, wie dein Haar riecht, und die silberne Spange
hatt ich doch schon tausendmal beim Tanzen berührt.

Tausendmal berührt …

Wie viele Nächte wusst ich nicht, was gefehlt hat,
wär nie drauf gekommen, denn das warst ja du,
und wenn ich dir oft von meinen Problemen erzählt hab,
hätt ich nie geahnt, du warst der Schlüssel dazu.
Doch so aufgewühlt hab ich dich nie gesehn.
Du liegst neben mir und ich schäm mich fast dabei,
was war bloß passiert, wir wollten tanzen gehen.
Alles war so vertraut und jetzt ist alles neu.«

Klaus Lage, 1000 und 1 Nacht (Zoom!)
Text: N. Heirel Musik: Göran Walger

»Erst fand ich ihn einfach nur cool, dann fand ich ihn Wahnsinn.« **Julia Hummer, Schauspielerin**

»Wenn aus Freundschaft Liebe wird? Finde ich gut! Weil sich beide kennen, weil sie wissen, wie sie denken, wie sie fühlen, auf wen sie sich einlassen. Es zählen halt mehr die inneren Werte als das Aussehen.« **Tanja, 19**

»Das ist doch total blöd! Man kennt sich in- und auswendig und kann nichts Neues mehr aneinander entdecken. Wenn aus Freundschaft Liebe wird, wird's bestimmt schnell langweilig und man ist danach nicht mal mehr befreundet!« **Steffi, 18**

Freundschaft ist Liebe ohne Sex. Der Umkehrschluss funktioniert nicht automatisch: Freundschaft mit Sex muss noch lange keine Liebe sein. Kann aber. Möglicherweise sogar die große. Man sieht: Die Sache ist kompliziert. Und wenn's nicht klappt, sogar unendlich traurig. Dann verliert ihr nicht nur eine vermeintliche Liebe, sondern ihr büßt auch noch eine Freundschaft ein, und die ist/war meist besonders intensiv. Sonst wäre es vermutlich gar nicht erst

passiert: dass du ihm beim Reden plötzlich nur noch auf den Mund geschaut hast (ein Traum), dass du sie nach dem Begrüßungsküsschen mit einem Mal am liebsten weitergeküsst hättest (und zwar mit Zunge) und dass ihr irgendwann knutschend auf dem Boden lagt. Im Idealfall ist damit alles geklärt. Ihr liebt euch. Im Zweifelsfall führt ihr ein Vernunftgespräch und geht erst mal auf Abstand. Im schlimmsten Fall habt ihr das erste Geheimnis voreinander: Einer von beiden ist sich nicht mehr sicher.
Für alle drei Fälle gilt: Auch wenn der Schritt winzig klein war – rückgängig zu machen ist er nicht.
Seid ihr zusammen, ist dieser winzige Schritt ein Riesenschritt, denn ihr startet eure Beziehung an einem Punkt, den andere vielleicht erst viel später erreichen. Ihr wisst, dass ihr über alles reden könnt, und habt das Wichtigste eigentlich schon besprochen. Ihr kennt die Knackpunkte in der Biografie, ihr kennt die empfindlichen Stellen und die Schmerzgrenze des anderen. Zu überlegen: »Wie will er/sie mich?« und eine Show abzuziehen, das könnt ihr euch sparen. Ihr seid euch vertraut und mochtet euch, wie ihr wart, und jetzt liebt ihr euch, wie ihr seid.

»Wir lagen auf dem Bett und kitzelten uns, bis wir nur noch japsten. Plötzlich meinte er, ich wäre so sexy, und küsste mich. Ich konnte nicht widerstehen. Schon so lange hatte ich auf diesen Moment gewartet. Am Anfang hatte ich Angst, damit unsere wunderbare Freundschaft zu zerstören, doch dann habe ich alles vergessen. Er war mir so vertraut wie kein anderer Mensch.
Unsere Beziehung hat nicht lange gehalten, denn mir wurde klar, dass er mich nicht wirklich liebte. Die einzige Chance, die ich sah, um unsere Freundschaft zu retten, war, unsere Beziehung zu beenden. Jetzt merke ich aber, dass ich diese Freundschaft gar nicht mehr wirklich will. Es ist zu viel passiert, was ich nicht vergessen kann, und meine

Gefühle für ihn haben sich verändert. Was geblieben ist, ist Trauer um einen Freund und der Verlust meiner ersten großen Liebe. Hätte ich damals geahnt, was passieren würde, hätte ich mich gegen die Liebe und für unsere Freundschaft entschieden. Eine Freundin meinte aber, es sei besser, es ausprobiert zu haben statt sich ewig die Frage stellen zu müssen, was gewesen wäre, wenn ...«

Jacqueline, 19

»Der Anfang unserer Liebe: ein Riesenkrach! Erst hatten wir uns in der Kneipe vor allen anderen gezofft, dann gegenseitig demonstrativ links liegen gelassen und irgendwann waren wir ernsthaft sauer aufeinander. Heimbegleitet habe ich Corinna trotzdem und bei der Gelegenheit hat sie mich echt zur Schnecke gemacht. Das konnte sie schon immer ziemlich gut: einem die Meinung sagen, ob du das jetzt hören wolltest oder nicht. Egal. Wie sie da so vor mir stand – klein, energisch, mit ihren dunklen Augen, die noch dunkler werden, wenn sie sich aufregt (so wie damals) –, konnte ich einfach nicht anders. Ich hab sie an mich gezogen und sie geküsst und ihr ins Ohr geflüstert: »Ich liebe dich.« Woher ich den Mut genommen habe? Keine Ahnung. Es musste sein.

Dass sie die große Liebe meines Lebens ist, wusste ich da schon lange. Wir waren seit der fünften in derselben Klasse, ich hatte schließlich alle Zeit der Welt gehabt, mich in sie zu vergucken: in ihre Stimme, in ihr Lachen, darin, wie sie anderen zuhört und beim Reden mit den Händen in der Luft rumfuchtelt. Oder wie sie, wenn's drauf ankommt, sich für andere stark macht. Klingt nach Liebeserklärung? Ist es auch! Eine rein platonische Beziehung war es nicht, jedenfalls nicht aus meiner Sicht: Irgendwann, das wusste ich, wollte ich mehr. Übrigens eines der wenigen Dinge, über die wir nicht geredet haben ... War ja dann auch nicht mehr nötig. Denn sie hat mich an dem Abend festgehalten,

als wäre es das Normalste auf der Welt. Viel später erst hat sie mir gestanden, wie sehr auch sie diesen Augenblick herbeigesehnt hatte. Der Rest? Bleibt unser Geheimnis. Aber meine Träume waren nichts gegen das, was danach kam. Und ich hatte mir wirklich oft ausgemalt, wie's wäre, mit ihr zu schlafen, richtig mit ihr zusammen zu sein. Unserer Freundschaft haben wir nicht nachgeweint, die haben wir einfach weitergelebt, wie unsere Liebe auch: Seit einem Jahr sind wir verheiratet.« **Jakob, 26**

»Ich kenne Daniel seit drei Jahren, von denen wir seit knapp zwei Jahren unwahrscheinlich gut befreundet sind bzw. es waren. Wenn wir irgendwo zusammen auftauchten, wurden wir immer für ein Pärchen gehalten, so vertraut waren wir miteinander. Ich bin auch oft gefragt worden, ob das mein Freund wäre, der mich da eben in den Arm genommen hatte. Wir fanden nichts dabei, auch wenn unsere Freunde immer gestichelt haben: ›Jaja, nur gute Freunde.‹

So blieb es ziemlich lange, bis uns irgendwann jemand direkt fragte, warum wir nicht zusammen wären. Warum eigentlich??? Ich weiß noch, dass mich diese Frage völlig überfordert hat. Daniel sah genauso ahnungslos aus. Das Einzige, was wir als Antwort zustande brachten, war ein hilfloser Blick.

Trotzdem war diese Frage der Auslöser für ein ziemlich verstocktes Gespräch. Keiner von uns traute sich so recht den Mund aufzumachen, aber irgendwie war beiden klar, dass wir es gar nicht so schlimm fänden, wenn wir es versuchen würden. Na ja, beim ersten Kuss war bei mir sowieso alles hinüber. Ich schwebte auf Wolke Sieben. Das Blöde war nur, dass ich am nächsten Morgen zum Schüleraustausch nach Frankreich fuhr. Ich fühlte mich schrecklich. Was ist denn schon die Bretagne, wenn man so eine Alternative zu Hause hat?

Mann, hab ich ihn vermisst! Aber als ich dann zurückkam

und ihn sah, kam er mir irgendwie komisch vor. Als ich ihn fragte, was los sei, brachte er zögernd hervor, dass er Angst um unsere Freundschaft habe.
Ich fand diesen Einwand völlig beknackt. Geschluckt habe ich ihn trotzdem – was blieb mir auch anderes übrig? Wir beschlossen es besser sein zu lassen. Von da an war mein Leben ein einziges Chaos, mit höchsten Höhen und übelsten Tiefpunkten. Es war mal so, mal so. Das eine Mal hat er mich behandelt wie die absolute Traumfrau und dann wieder wie eine flüchtige Bekannte. Wenn ich ihn darauf angesprochen habe, dass es mir so überhaupt nicht gefällt, hat er regelrecht panisch und abweisend reagiert. Er hat sich in eine Art Schneckenhaus zurückgezogen und total dichtgemacht. Ich muss aber über meine Probleme reden können, sonst werde ich wahnsinnig. Darum hab ich mich mit anderen Freunden getroffen, die mir zugehört haben statt sich genervt abzuwenden. Das war ihm wiederum auch nicht recht. Die kleinsten Kleinigkeiten sind zu regelrechten Katastrophen mutiert. Ehrlich gesagt wusste ich nie genau, was er wollte. Ich glaube, ihm ging's nicht anders. Wir reden schon lange nicht mehr so locker, wie wir es früher getan haben. Und wir interpretieren jede Geste. Worüber wir früher hinwegsehen konnten, verletzt uns heute. Versuche ich ihn ein bisschen aufzuziehen, ist er immer gleich gekränkt. Es kommt dabei zwar nie zum Streit, aber einer von uns schmollt fast immer, während sich der andere keiner Schuld bewusst ist. Der Versuch, eine Beziehung auf einer Freundschaft aufzubauen, ging bei uns voll daneben und unsere Sympathie füreinander hat dadurch einen ziemlichen Knacks bekommen. Wir werden uns wohl nie mehr so gut verstehen wie ganz am Anfang, aber vielleicht schaffen wir es irgendwann einmal, wieder normal und friedlich miteinander umzugehen. Ich hoffe es, würde aber nie darauf wetten.« **Friederike, 19**

»Tja, wie ging's los? Eigentlich damit, dass Mark in der Disco den Arm um mich legte und ich danach tanzte, als sei ich *the most sexy woman of the universe*. Auf dem Weg zur S-Bahn sagte er dann zu mir: ›Sonni, ich hab mich in dich verliebt.‹ – ›Scheiße‹, dachte ich, und indem ich es dachte, war's auch schon raus. Ich hatte keinen Bock mehr auf diese Nummer. Meinen letzten besten Freund hatte ich genau dadurch verloren. Außerdem wollte ich übermorgen mit einer Freundin nach Gomera fliegen und wir hatten uns die wildesten Ferien unseres Lebens versprochen. ›Ist schon okay‹, meinte er, ›wegen der Sache mit Sebastian, stimmt's?‹ Was für eine Frage. Er wusste ja sowieso Bescheid. Er wusste über alles Bescheid. Denn Mark war der beste Zuhörer, den ich bis dahin getroffen hatte, und in seinem Gedächtnis waren sämtliche Desaster meines Lebens gespeichert. Er war sensibel, klug und rücksichtsvoll, wenn's mir schlecht ging, hat er mich sogar bekocht. Außerdem war er einer der wenigen Menschen, die meinten, was sie sagten. Zwei Tage später stand er nämlich vor meiner Tür und es war wie immer. Wir tranken Kaffee, quatschten über seinen Uni-Job und er erklärte mir die Kamera, die er mir für Gomera leihen wollte. ›Viel Spaß‹, sagte er zum Abschied und: ›Du bist ja bald wieder da.‹

Von wegen. Es wurden die längsten Ferien meines Lebens. Kaum saß ich im Flieger, habe ich ihn schon vermisst. Die Partys waren mir schnurzpiepegal, stattdessen saß ich auf der Dachterrasse und starrte in den Himmel. Seufz. Meine Freundin hat es ziemlich schnell geblickt. Ihr Kommentar: ›Na, endlich!‹ Fünf Minuten später hing ich an der Strippe. 200 Stunden später war ich bei ihm.

Wir sind noch immer zusammen. Einen besten Freund habe ich seitdem nicht mehr gewollt. Und auch nie mehr gehabt.« **Sonja, 24**

Ausflug ans Meer

»Wir fahren weg«, sagt Juna. Sie steht in der Haustür und zieht die Nase hoch. Ich schaue in Richtung Küche. Meine Eltern streiten. Mal wieder.
»Okay«, sage ich.
Im Auto dreht Juna die Anlage auf und die Fenster runter. Sie raucht hektisch. Wischt sich immer wieder die Augen.
»Heuschnupfen«, sagt sie und grinst schief.
Der Heuschnupfen heißt Christian.
Der Tag ist warm. Ich halte eine Hand aus dem offenen Wagenfenster. Mühlen und Kühe und Dörfer rauschen vorbei. Raus aus bekanntem Gebiet.
»Wohin fahren wir?«, frage ich.
»Mal schaun«, sagt Juna nach einer Weile. »Ans Meer. Vielleicht.«
An der nächsten Tankstelle hält Juna, rennt in den Shop und kommt mit zwei Kindergeburtstagspackungen Schokobons zurück.
»Wegen der Glückshormone«, sagt sie, lacht, legt den Rückwärtsgang ein, und weiter.
Ich schweige, esse und warte aufs Glück. *Yeah, we are crazy. Completely, absolutely, definitely*.
Nach ein paar Stunden Autobahn erreichen wir die nächste große Stadt. Es wird ein bisschen Abend. Wir entscheiden, uns was Feines anzuziehen – soweit unsere Rucksäcke das

hergeben – und schick auszugehen. Flanieren durch die Fußgängerzone und ich spende einen Großteil meines Geldbeutelinhalts einem zu 95 Prozent Sehbehinderten, der für seine Augenoperation sammelt.
»Sei nicht so pathetisch«, sagt Juna.
»Bin ich nicht«, sage ich. Nur sentimental.
Irgendwann später tun Juna die Füße weh und wir bleiben vor einer Kneipe stehen. Drinnen spielt jemand Klavier.
»Komm mit«, sagt Juna und zieht mich hinter sich durch die Tür.
Innen ist der Laden sehr stylish und die anwesenden Leute auch. Wir setzen uns betont lässig an die Bar und bestellen exotisch betitelte Cocktails. Juna versucht mondän Rauchkringel Richtung Decke zu pusten. Mein Lippenstift klebt nach kurzer Zeit absolut unmondän am Cocktailglas und ein Gast wünscht sich *Knocking on Heaven's Door* vom Pianisten. Der zuckt mit den Schultern und spielt etwas anderes. Juna zupft an meiner Hand und ich lasse mir einen Drink für den Pianisten geben. Er sitzt wenig später mit mir an der Bar, Juna ist am Klavier und singt *Knocking on Heaven's Door*. Mit einer Stimme, dass alle zuhören. Der Pianist guckt verdutzt und ich beeile mich ihm noch etwas zu spendieren und möglichst geheimnisvoll auszusehen. Juna singt und grinst und singt noch *Fire* von Elvis und zum Schluss *Hotel California* von den Eagles und dann laufen wir lachend aus der Kneipe, Applaus im Rücken. Es regnet warm und wir schlendern zum Auto zurück. *On the road again* und Schokobons.
»Wohin?«, frage ich.
»Zum Meer«, sagt Juna, denn das ist jetzt nicht mehr so weit weg.
Die Lichter der Stadt verschwinden im Rückspiegel und ich bin ein bisschen traurig. Juna auch. Das sieht man an ihren Mundwinkeln. Ich schlafe ein.
Später hält Juna an einer Raststätte. Es ist mitten in der

Nacht und alles leer. Die Bedienung starrt uns an, während wir Kaffee trinken. Drei Kännchen und das Frühstück. Auf dem Klo putzen wir die Zähne und wärmen unsere Bäuche unter dem Händetrockner.
»Immer Richtung Meer«, sagt Juna dann, als sie sich auf dem Rücksitz zusammenrollt, und ich denke, dass die Luft schon nach Meer riecht. Also immer der Nase nach.
Kurz bevor es wirklich beginnt hell zu werden, wacht Juna auf und wir fragen einen Bauern, wo es denn nun zum Meer geht. Er schaut und lacht und deutet nach links.
»Das Glück liegt immer nahe vor der eigenen Nase«, sagt er weise, oder weil ihm nichts anderes einfällt.
Auf einem kleinen Parkplatz hinter einer Düne mit Schilf halte ich an. Das Wellenrauschen hört man jetzt ganz deutlich. Möwen kreisen und die Luft schmeckt nach Salz, Algen und Flaschenpost. Juna packt meine Hand und wir rennen die letzten Meter. Das Meer ist weit und noch gar nicht blau. Wir laufen darauf zu, bis zu den Knien rein, kreischen, es ist verdammt kalt, spritzen uns gegenseitig nass.
Dann sitzen wir am Strand, schauen, wie das Meer blau wird und die Sonne langsam aufgeht.
»Wie kitschig«, sagt Juna grinsend und zittert und ich grinse und zittere mit. Die Möwen lachen und wir haben noch zwei Schokobons.
Anne, 21

Freundschaft ist ...

»... wenn man sich nach einem Streit sofort wieder verträgt und darüber lachen kann.« Steffi, 18

»... den anderen zu vermissen, wenn er weg ist.« Martin, 19

»... heilig!« Jana, 17

»... wenn man sich mal verarschen kann, ohne dass der andere es einem übel nimmt.« Daniel, 15

»... wenn man sich gegenseitig wieder aufbauen kann.« Carlotta, 18

»... wenn der andere alles so versteht, wie ich es meine.« Susanne, 20

»... wenn man miteinander schweigen kann.« Niki, 17

»… wenn zwei zusammen aus der Hängematte fallen.« Nadja, 16

»… wenn man den anderen kritisieren kann und selber Kritik verträgt.« Martina, 13

»… füreinander da zu sein – in guten und in schlechten Zeiten.« Jonas, 19

»… wichtiger als Liebe.« Anna, 16

»… wenn man sich mit dem anderen einfach wohl fühlt.« Johanna, 15

»… miteinander vertraut zu sein ohne sich dauernd auf der Pelle hocken zu müssen.« Veronika, 18

»… wenn man nie allein dasteht.« Benjamin, 13

»… wenn einen nichts trennen kann.« Tanja, 19

Was sonst noch so passiert, wenn zwei Freundinnen ein Buch über Freundschaft schreiben ...

... dann gibt's nachts um zwei kalte Spaghetti mit Ketchup zu aufgewärmten Geschichten und alten Fotos. Ob die Sonne scheint, wird uns von Kapitel zu Kapitel egaler und H & M haben wir sowieso aufgegeben – wir gehen eh nicht mehr raus. Gestritten haben wir uns übrigens nicht (also nicht so wirklich), aber wir wissen jetzt, was Freundschaft aushält. Und was Freundschaft möglich macht.
Auch sonst sind wir klüger geworden: Freundschaft wird sich verändern und ein Freundschaftsbuch in dreißig Jahren ganz anders aussehen. Der Pflegetipp »Hallo, ich bin's«, trägt dann den Titel »Kannst du mich sehen?«, weil das

Telefon von der Webcam abgelöst wurde. Ein paar der Geschichten »Pferde stehlen« spielen im Cyberspace und die Tatsache, dass »eine weggeht«, ist keine Krise mehr, sondern längst Normalität. Dafür könnte es passieren, dass der gemütliche Abend auf dem Sofa so außergewöhnlich ist, dass er ein »Freundschaft Extra« hergibt. Cliquen wird man vielleicht gar nicht mehr finden. Und im Kapitel »Alte Freundinnen« werden wir über uns selbst schreiben. Versprochen.

Wie auch immer.

Eins wird bleiben.

Und das hat Aristoteles schon vor über zweitausend Jahren gewusst: »Alle Menschen brauchen Freunde.«

F

Wir danken:

Anna, Anna, noch mal Anna, Anne, Anne Stein, Alexander, Alexander, Alexander F., Alexandra, Arpad, PD Dr. Ann Elisabeth Auhagen, dem kleinen Benjamin, dem großen Benjamin, Bettina, Ingrid Brunn, Carlotta, Christina, Dan Alec, Daniel, Daniela, Deborah, dem Deutsch-Grundkurs der Sophie-Scholl-Oberschule Berlin, Didem, Professor Klaus-Dieter Eichler, Elke, Emin, der Ethik- und Philosophie AG I und II der Sophie-Scholl-Oberschule Berlin, Ferdinand, Florian, Franzi, Fritzi, Georg Friedrich, Gerdi, Hannah, Heiner, Julia Hummer, Inga, Izzet, Jacqueline, Jagoda, Jakob, Jan, Jana, Jana, Jasper, Jennifer, Jessica, Johanna, Jonas, Julia, Julia, Katharina, den Schülerinnen und Schülern des Ludwigs-Gymnasiums in München, Brunhilde Köhne, den Lämershagenern, Dr. Harald Lemke, Lea, Lena, Livia, Lucia, Lukas, Lydia, Magdalena, Maike, Margret, Margrit, Marie Sophie, Martin, Martina, Max, Maxi, Melanie, Milena, Moni, Nadja, Niki, Nina, Nina, noch mal Nina, Nora, Orhan, Petra, Ramon, Reinhard, René, Robert, Sabine, Dr. Ekkehard Sander, Sarah, Beate Schäfer, Sebastian, Simon, Snoopy und Taugenix, Sonja, Stefan, Stefanie, Steffi, Susanne, Tanja, der Theatergruppe Christa Gittner in München, Theresa, Toblerone, Ulrike, unseren Freundinnen und Freunden, Ursula, Valeska, Veronika, Heidi Viole, Wolfgang, Yvonne und dem Zeitdruck-Verlag.

Adressen und Tipps

Hilfe!

Wenn ihr keine Freunde, falsche Freunde oder Stress mit euren Freunden habt:

Anonyme Telefonseelsorge und -hilfe

Das Kinder- und Jugendtelefon »freecall« könnt ihr bundesweit montags bis freitags von 15 bis 19 Uhr anrufen, Telefon: 0800/111 03 33

Jugendliche beraten Jugendliche

München: »Infofon«, telefonischer Beratungs- und Informationsdienst von Jugendlichen für Jugendliche; täglich 17 bis 22 Uhr, Telefon: 089/121 50 00

www.kummernetz.de

Unter dieser Internet-Adresse könnt ihr euch euren Freundschaftsärger von der Seele schreiben. Gelesen und beantwortet werden eure Mails von einem Team von Profis.

Mobbing

Infos rund ums Thema Ausgrenzen:

www.schueler-mobbing.de/index.html

Unter dieser Adresse findet ihr folgende Rubriken: »Wie entsteht Mobbing?«, »Wer mobbt?«, »Opfer«, »Folgen«, »Mobbingtest«, »Maßnahmen« und »Mobbing-Tagebuch«. Außerdem gibt es diverse Foren und einen Chat-Room.

Freunde finden leicht gemacht

Hier trefft ihr Leute auf gleicher Wellenlänge:

www.freunde-freundschaft.de

Auf der Freundschafts-Site gibt's den vollen Service: einen E-Mail-Freundschafts-Suchdienst (»User Galery«), Geschichten rund ums Thema, Chat-Foren, einen Newsletter und jede Menge spannende Links.

www.emailfreundschaft.de/rubriken.html

Unter dieser Adresse findest du Steckbriefe von freundschaftswilligen Jungs und Mädchen zwischen 14 und 24.

www.youngmiss.de/club/club_suchen.html

Die Zeitschrift *Brigitte YOUNG MISS* hat einen tollen Computer-Freundschafts-Suchdienst entwickelt – mit Hobby-Listen, Charakter-Vorlieben etc. Nicht nur für Mädchen.

Amnesty International

In den ai-Jugendgruppen kannst du zusammen mit anderen für die Einhaltung der Menschenrechte kämpfen. Telefon: 0228/983 73-48 oder www.amnesty.de

BUND für Naturschutz

Die BUNDjugend ist ideal für diejenigen, die andere Öko-Freaks und Naturschützer treffen wollen.
Telefon: 030/275 86 50 oder www.bundjugend.de

Deutsche Tierschutzjugend

Du liebst Tiere? Dann engagiere dich hier – zusammen mit vielen anderen. Telefon: 023 23/516 16 oder www.tierschutzjugend.de

Greenpeace

In den Greenteams triffst du auf Leute, die in Sachen Umweltschutz keine Kompromisse machen. Telefon: 040/306 18-291 oder www.greenpeace.de

Pflegetipps

Für die kleinen Grüße zwischendurch:

www.flizz.de/liebefreundschaft

Unter diese Adresse findet ihr kostenlose E-Mail-Freundschaftskarten.

de.greetings.yahoo.com/browse/Wuensche_und_Gedanken/Freundschaft

Hier gibt es ebenfalls kostenlose »Ich-denk-an-dich«-Kärtchen – mit reichlich Platz für Text!

www.eq-pilot.com/Zitate/Freundschaft/freundschaft.html

Wer diese Site anklickt, landet bei den Freundschaftsexperten Cicero, Konfuzius, Mark Twain u. a.

www.meinpoesiealbum.de/freundschaft.html

Wenn euch mal die Freundschaftssprüche ausgehen, lohnt sich ein Blick auf diese Site.